Les aventures
d'Indiana Pruneau en Russie

ISBN (livre) : 978-2-37692-130-1

ISBN (eBooks) : 978-2-37692-131-8

Corrections : Aniko Palanky, puis Libres d'écrire

Édition papier et numérique : IS Edition, via son label Libres d'écrire

Couverture : Libres d'écrire

Illustration de couverture : Shutterstock

HEXOMAIDINE

Les aventures
d'Indiana Pruneau en Russie

NOTE DE L'AUTEUR

Les évènements relatés dans cette histoire sont issus tout droit de mon imagination. Toute coïncidence ou ressemblance avec des personnages et des évènements réels est absolument involontaire.

La Iakoutie, ou Yakoutie, ou République de Sakha, se situe en Extrême-Orient russe. Sa capitale est Iakoutsk, une ville de quelque trois cent mille habitants qui se situe sur les bords de la Léna.

Les Evènes et les Tchouktches sont deux des peuples de la Sibérie. Leur mode de vie traditionnellement nomade a évolué avec le temps, et on trouve dans toute la Sibérie de petits villages où ils se sont sédentarisés. J'ai eu la chance d'en rencontrer lors de mes voyages dans cette région et j'ai voulu leur rendre hommage à travers ce récit. Ce sont des gens formidables qui m'ont ouvert le cœur et l'esprit de bien des façons.

CHAPITRE 1 :
Où l'on fait connaissance avec Indiana Pruneau

Le soleil se lève sur Périgueux. Un léger vent provenant de la fenêtre de la chambre entrouverte la veille au soir caresse le visage d'Indiana. Vladimir, son cochon d'Inde, galope furieusement dans sa cage, tentant d'aller plus vite que sa petite roue. Un jour, se dit le rongeur, il attrapera cette satanée plume rose que sa maîtresse a collée sur le dessus de sa cage. Vladimir s'entraîne tous les jours. Il court déjà comme Christophe Lemaître, et espère devenir le Usain Bolt des rongeurs de son quartier. Et puis, ça l'aide à garder la forme ! Il est le seul mâle apprivoisé du coin et les femelles sont nombreuses à satisfaire, enfin, du moins dans ses rêves. C'est qu'elles sont difficiles !

La jeune femme repousse les couvertures, glisse ses petits pieds dans ses pantoufles Winnie l'Ourson achetées lorsqu'elle avait douze ans et se lève. Elle gratte un bonjour sur la cage de Vladimir, qui continue à courir sans se retourner, puis ouvre la fenêtre en grand. Il fait beau, la rue est calme.

Calme ? Non, un bruit de moteur remontant la ruelle lui parvient. Elle tourne la tête et aperçoit un camion vert et mauve qui se gare devant la maison d'en face. De nouveaux voisins ! Quelle bonne surprise !

La vieille dame qui était née là quatre-vingt-quatre ans plus tôt a été placée par son indigne descendance en maison de retraite l'année d'avant. La maison a été mise en vente et le panneau de l'agence immobilière, qui a jauni depuis, ne s'était jamais vu barrer d'un « vendu » triomphal. Indiana reste donc plus longtemps que de coutume à la fenêtre et peut observer de débonnaires bonshommes en salopette ouvrir la porte d'en face.

— Bonjour.

— Bonjour, mademoiselle !

— Vous êtes les nouveaux propriétaires ?

— Non mademoiselle, nous, on n'est que les déménageurs. Les proprios arrivent ce soir, quand tout sera fini.

— Ah…, soupire Indiana, un peu déçue de ne pas voir sa curiosité satisfaite.

— Merci tout de même, bonne journée ! Faites attention dans le couloir, il est sombre et il y a une petite marche qui est traître juste au milieu.

— Bonne journée, mademoiselle, c'était un plaisir de voir une jolie donzelle comme vous au petit matin !

Indiana referme la fenêtre en rougissant. C'est toujours agréable de se voir complimenter sur son physique, même si le déménageur n'en a vu que la moitié la plus plaisante. En effet, Indiana est fort jolie mais a un gros derrière. *Un derrière confortable*, se corrige-t-elle. *Je ne suis pas grosse, j'ai un derrière confortable.* Elle s'observe un instant dans la glace. Ses fesses ressemblent à deux coussins, ce qui est un handicap pour porter des jeans taille basse, mais lui procure un véritable bien-être lorsqu'elle doit rester assise trop longtemps, ce qui lui arrive souvent puisqu'elle travaille dans un bureau. Elle est malgré tout très musclée, car elle fait beaucoup de sport. Aucune trace d'un quelconque ventre flasque, pas de poignées d'amour. Elle a juste des hanches larges et un fessier rebondi.

Indiana prend une douche soignée et se lave les dents. Elle se maquille fort peu – juste un chouia de rimmel – car son visage n'en a jamais eu besoin : ses deux yeux noisette tirant les jours de grand soleil sur le vert en ont fait craquer plus d'un et sa peau est parfaite. Elle descend à la cuisine. Vladimir court toujours dans sa cage.

Sa belle-mère Angelica est déjà assise à table, une tasse de café devant elle et le visage masqué par le dernier « Voilà-Voilou » de la semaine, son hebdomadaire favori.

— Tu savais que Kate avait un pied plus grand que l'autre ? lui dit-elle en guise de bonjour.

— Kate ?

— Ben oui, Kate. Middleton.

Elle prononce « Med-le-thon ». Indiana se mord un peu la lèvre, même si elle a depuis longtemps renoncé à corriger le déplorable accent anglais de sa belle-mère.

— Non, je ne savais pas. Papa est levé ?

— Ton père est déjà au grenier. Il espionne les nouveaux voisins, je crois.

Angelica soupire.

Indiana lève les yeux vers le plafond. Depuis qu'à cinquante-deux ans, il a pris une retraite bien méritée de la SNCF, Ferdinand passe ses journées au grenier à scruter le ciel et accessoirement la rue quand quelque chose d'intéressant s'y passe – ce qui est rare – avec une paire de puissantes jumelles qu'il a un jour trouvées abandonnées dans un wagon. Papounet est persuadé qu'un débarquement d'extraterrestres est imminent et il les attend de pied ferme. Il n'a aucune idée de ce qu'il fera lorsqu'ILS arriveront, mais en attendant, il veille. Indiana pense parfois que si sa maman avait vécu, elle n'aurait probablement pas laissé son mari débloquer de cette façon, mais comme le dit avec beaucoup de bon sens Angélica, son père ne fait de mal à personne. Il squatte le grenier comme d'autres squattent leur garage ou le café du coin. Au moins, il ne picole pas. Ou peu, vu son statut de périgourdin pur jus. Son antre, c'est aussi l'endroit où il bricole toutes sortes de choses, depuis des antennes censées pouvoir entendre les signaux émis par les extraterrestres du bout de la galaxie jusqu'à la montre du facteur, qu'il a remise à neuf alors que l'horloger avait échoué. Il s'est fait une petite réputation de répare-tout, ce qui rend les gens plus tolérants à sa manie invasionniste, surtout lorsqu'il essaie de les convaincre de « veiller » avec lui.

— …Bieber ?

— Tu dis ?

— Justin Bieber, il est gay tu crois ?

— Aucune idée. Et aucun intérêt, crois-moi. Il est canadien. Il y a du café ?

— Tout prêt de ce matin, je t'en ai servi une tasse. Fais attention, il est chaud.

— Merci, je monte voir papa.

Sa tasse de café à la main, Indiana grimpe au grenier, auquel on n'accède que grâce à une échelle si raide qu'Angelica s'y risque rarement. Elle pose précautionneusement son café sur le sol et embrasse la joue rugueuse de son père.

— Toujours rien ?

— Toujours rien, mais je surveille. Je t'appelle si je vois quelque chose.

— Tu es notre héros… Et les voisins ? Tu savais que la maison avait été vendue ?

— Oui, j'ai vu le camion. Quel étrange véhicule ! Tu as vu ? Il est immatriculé à Paris. Des Parigots, ajoute-t-il avec dédain. Tu peux être sûre qu'ils vont nous snober, tu penses, des gens de la capitale !

— Ils sont sûrement très gentils, s'ils ont décidé de venir s'installer dans le Périgord.

— Oui… Tu as sans doute raison. Tu travailles aujourd'hui ?

— Oui papa, comme tous les jours. Il faut bien que quelqu'un se dévoue pour remplir le frigo ! Je pars au bureau dans une minute. Je voulais t'embrasser avant de partir.

— Va ma fille. Je veille, ne t'inquiète pas.

Indiana ne s'inquiète que d'une chose, c'est d'eux. Elle le regarde avec tendresse et part au bureau. Sous un si beau soleil, la jeune femme renonce à prendre son manteau, descend la ruelle pour arriver dans le faubourg, marche encore une dizaine de minutes avant de passer devant la cathédrale Saint-Front où sa journée d'employée en assurance commence à neuf heures pile.

À dix-huit heures quinze, Indiana reprend le chemin de la maison. La journée avait été rude, deux clients s'étant emboutis mutuellement en début d'après-midi. Ils avaient téléphoné en même temps sur la ligne d'urgence et l'un des appels était arrivé à son bureau. Le type était bourré comme un coing, la moitié de ce qu'il racontait était composé de borborygmes incompréhensibles. Sa collègue Lydia, installée en face d'elle, avait écopé de l'autre conducteur, fin saoul lui aussi ; elle roulait des yeux en essayant d'appréhender la situation.

Au bout d'un quart d'heure d'incompréhension mutuelle, les deux femmes avaient décidé de se rendre sur les lieux de l'accident, devant la cathédrale Saint-Front, où elles avaient dessoulé à grands coups de tasses de café les deux énergumènes. Rentrées au bureau et malgré l'heure avancée, elles avaient néanmoins décidé d'envoyer directement les déclarations d'accident à la centrale. Lydia avait quitté le bureau la première, laissant à Indiana, comme à son habitude, le soin de fermer.

La jeune femme profite de la tranquillité des fins d'après-midi pour réviser son russe. Fascinée par le président Kovar, elle rêve de partir à Moscou et de le voir. Et peut-être le rencontrer ? Elle étudie la langue de Dostoïevsky depuis cinq ans, dont trois aux cours du soir de Périgueux, et les deux dernières années à grand renfort de DVD et de vidéos YouTube. Elle ne le sait pas encore, mais elle se débrouille fort bien.

En arrivant devant chez elle, Indiana constate que le camion de déménagement des voisins est parti. Leur fenêtre de devant est entrouverte ; elle traverse la petite rue pour jeter un coup d'œil. Les nouveaux propriétaires ont fait aménager la pièce principale en salon : on peut apercevoir un fauteuil aux napperons de dentelle, une table basse sur laquelle est posée une jolie maison de poupée, un magnifique tapis et… Indiana pousse un juron ! Un pied chaussé d'une godasse de cuir fatigué dépasse derrière un meuble ! Indiana reste interdite. Le pied ne bouge pas. Elle cherche des yeux une veine palpitante, un frémissement de la rotule, un signe de vie. Rien. Alarmée, elle tourne la tête dans toutes les directions afin de chercher de l'aide, mais la rue est désespérément vide. Elle regarde à nouveau vers l'intérieur et se demande une seconde si ce pied inerte est rattaché à un corps quelconque, mais non ! Attaque de zombie ? Agression cannibale ? Dépeceur de cadavre ? Son cerveau travaille à plein régime, mais fort peu logiquement : décidément, elle doit arrêter de se gaver de séries sur Netflix !

Dans l'urgence, Indiana est une femme d'action, pas de réflexion. Au lieu d'appeler, de demander si tout va bien, elle lève les bras pour repousser la fenêtre, afin d'en voir un peu plus. En vain, car elle-ci est bloquée par quelque chose. Elle doit pénétrer dans la maison coûte que coûte. Sauver le pied et ce qui devrait y être attaché. La jeune femme s'appuie des deux mains sur le chambranle puis balance son corps vers l'avant pour mieux voir. Emportée par un élan plus vigoureux qu'elle ne le prévoit, Indiana chute vers l'avant dans une pirouette involontaire. Elle percute la table basse avec ses fesses, coinçant malgré elle la maison de poupée entre ses jambes avant de tomber lourdement sur le sol.

Quand elle reprend ses esprits, le pied a disparu. Dans un semi-étourdissement, elle contemple le tapis vide, le dos sur le plancher et le derrière encore posé sur la table basse tombée. Deux mains avides se précipitent entre ses cuisses et la maison disparaît. Puis notre héroïne est rouée de coups furieux, mais curieusement peu puissants avant d'être injuriée dans une langue… une langue qu'elle reconnaît. Du russe !

— Negodyay !

— Podlet !

— Podonok ![1]

Des insultes. En russe. En russe ? À Périgueux ? Il n'y a plus de pied mort gisant au sol.

— Ty russkiy ?[2]

La voix s'arrête net.

— Ty russkiy ?

— Russkiy.

Indiana se redresse et aperçoit une femme d'un certain âge, la soixantaine bien tassée, arborant une chevelure rouge hirsute et serrant contre son corps replet l'adorable maison de poupée.

[Note de l'auteur : dans un souci de clarté, les échanges suivants, pourtant effectués en russe, sont traduits en français par pure bonté d'âme.]

— J'ai cru que vous étiez morte. J'ai vu votre pied par la fenêtre, il ne bougeait pas.

— On ne s'introduit pas chez les gens comme ça ! Voleuse !

— Je ne suis pas une voleuse, je suis Indiana. Indiana Pruneau, votre voisine d'en face. Je venais vous secourir. Vous aider !

— En pénétrant chez moi par la fenêtre et en essayant de casser ma maison ?

— Votre maison ?

— Oui, ma petite maison !

––––––––––––––––––––

1. Negoday = vaurien ; Podlet = salaud ; Podonok = raclure.
2. Ty russkyi ? = Tu es russe ?

La femme serre toujours sa précieuse maisonnette contre sa poitrine replète. Indiana se redresse tant bien que mal et pense, peu charitablement, que la dame a passé l'âge de jouer à la poupée.

— J'ai vraiment cru que vous étiez morte ! Votre pied ne bougeait plus.

— Vous auriez pu appeler, c'est vous qui avez failli me faire mourir de peur en tombant de la fenêtre !

— Excusez-moi, je pensais bien faire. Mais qu'est-ce que vous faisiez par terre ?

— Je cherchais mon mari. Il a disparu. Je regardais s'il n'était pas tombé en dessous de la commode.

— Quoi ?

— Ben oui, vous le voyez ailleurs ?

Indiana reste coite. La femme est sûrement folle. Comment un mari pourrait-il se trouver en dessous d'une commode ?

— Comme vous êtes là et que vous m'avez fait peur, vous ne voulez pas m'aider pour vous faire pardonner ? Je dois absolument le retrouver !

— Heu, oui, bien sûr. Il est comment votre mari ? Vous l'avez vu où la dernière fois ?

— Il était posé là sur la table, à côté de la maison. Il y a dû y avoir un coup de vent, et pfff, envolé mon Igor !

Indiana comprend de moins en moins. Posé sur la table basse et envolé ?

— Excusez-moi, madame ?

— Irma. Madame Irma. Irma Effektnyy.

— Ça veut dire voyante ? Vous êtes voyante ?

— Bien sûr que non, je ne crois pas à ces bêtises ! C'est des trucs pour gogo. Je suis fromagère. Enfin, j'étais. À Iakoutsk. On m'appelait la reine du Dorobouski.

— Vous êtes sibérienne ?

— Pourquoi, vous trouvez que je ressemble à une Moscovite ? Vous êtes raciste anti-sibérien ?

— Pas du tout. Et votre mari ? Il est sibérien aussi ?

— Mais qu'est-ce que vous croyez ? Igor ? Igoooooor ! Tu es où ? Moy Dorogoy[3] !

Sans réfléchir, Indiana se met aussi à appeler Igor.

— Monsieur Igor ? Ser Igor ?

Tout à coup, Irma s'effondre sur le fauteuil.

— Mon Igor est parti. Mon Igor m'a quittée !

— Madame Irma, à quoi il ressemble Igor ? Vous ne voulez pas aller à la police pour déclarer sa disparition ?

— Jamais ! Pas la police ! Pauvre Igor ! Englouti par la mer !

— Mais madame Irma, calmez-vous, il n'y a pas de mer à Périgueux, on a juste l'Isle, et encore, même en été, elle n'est pas bien grosse.

— Aaaah, mon Igor, il se noierait dans un verre d'eau.

Indiana commence à se demander si elle doit contacter la police ou le service psychiatrique de l'hôpital de Périgueux lorsqu'une toute petite voix, un tout petit filet de voix se faufile dans la pièce.

— Ma Irma ? Sauve-moi !

— Igor ? Tu es où ?

— En dessous de toi, ma Irma, tu m'écrases !

Irma bondit sur ses pieds. Elle soulève vivement, mais avec d'infinies précautions et avec l'élégance d'une danseuse de ballet, les coussins, puis s'empare d'une petite statuette. Qui parle. Qui bouge.

Indiana sent la terre tourner. C'est encore pire lorsque la statue, qui ne doit pas faire plus de vingt centimètres de haut, agite les bras en criant d'une voix fluette :

---

3. Moy Dorogoy = Mon chéri.

— Irma ! Tu m'as retrouvé ! Il faut vraiment que tu arrêtes de cirer autant les meubles, je n'arrête pas de glisser ! Heureusement qu'il y avait le fauteuil, sinon, je me serais fracassé le crâne. Malheureusement, je n'ai pas réussi à repousser le coussin… Oh, mais qui est cette adorable jeune fille ? Nous avions de la visite et tu ne me dis rien ? Bonjour, mademoiselle, je suis Igor, le mari de cette charmante Irma. Nous sommes vos nouveaux voisins.

— Mais… Mais… Vous êtes minuscule !

— Je sais, répond le tout petit homme. Asseyez-vous, mon enfant. On ne voudrait pas que vous tourniez de l'œil n'est-ce pas ? Normalement, je ne me montre pas, vous savez, les gens sont si peu tolérants aux différences… Mais c'est là une situation exceptionnelle ! Je suis Igor. Le professeur Igor Effektnyy. Et si vous nous parliez plutôt de vous ? Irma, ma petite baie sauvage, si tu nous apportais de quoi boire ? Une petite vodka tiens, c'est juste l'heure ! Et ça te redonnera des couleurs, Kalinka moïa[4], tu es blanche comme la neige.

Et la « petite baie » d'Igor disparaît dans la cuisine…

L'homme, qui est vraiment, vraiment petit, pour ne pas dire microscopique, demande à Indiana de le poser sur la table, où il sera plus à hauteur de la conversation. La jeune fille le saisit avec d'infinies précautions. Il pénètre dans la maison de poupée et en ressort derechef, portant une chaise à sa taille.

— Il y a un de ces bazars dans la maison ! Tout est sens dessus dessous. Heureusement, rien ne semble cassé, sauf ma pendule, ah, ma pauvre pendule, irréparable je le crains ! Vous savez, je suis un scientifique, un vrai, un pur de pur, mais si la chimie et la biologie moléculaire n'ont aucun secret pour moi, il n'en est pas de même pour l'horlogerie ! Et dire que cette pendule venait de mon père, qui lui-même la tenait de son père, et de son père avant lui ! Aïe, malheur, malheur…

———————————

4. Kalinka moïa = ma petite baie.

Et Igor de se lancer dans une litanie de plaintes russes trop fastidieuses à reproduire ici. Le pauvre petit homme se tient la tête des deux mains lorsque son imposante épouse arrive. Elle pose avec délicatesse le plateau sur le rebord de la table (dans un équilibre plus qu'instable, juge Indiana), puis saisit son mari qu'elle berce sur son sein.

— Vous savez, risque Indiana, pour votre horloge, je connais quelqu'un qui...

— Vous connaissez quelqu'un ? Quelqu'un de bien ? De compétent ? Parce que vous savez, on ne plaisante pas avec de la mécanique fine, des pendules comme ça, on n'en fait plus. Aïe...

— C'est mon père, interjète Indiana pour couper court. Mon papa, il répare des trucs, plein de trucs, même l'horloge du curé qui ne marchait plus depuis des années.

— Votre curé était paraplégique ? interrompt Irma.

— Non, pas lui, mais son horloge ! Le curé est venu à la maison la déposer, et en une semaine, Papa avait trouvé le problème. Le seul souci, c'est qu'il ne sort jamais de la maison, alors il faudra que vous me confiiez votre pendule, je la lui remettrai.

— C'est plus rassurant comme ça ! Je sais que les Français sont bizarres, mais un curé en fauteuil roulant, je n'avais jamais entendu ça ! reprend Irma.

— Évidemment, je ne peux pas me rendre chez lui. Vous comprenez, traverser la rue, pour moi, c'est un peu aller en Australie ! Mais pourquoi votre père ne sort-il jamais de chez lui ?

Là, Indiana hésite un peu. Va-t-elle raconter à ces parfaits inconnus, au demeurant fort sympathiques et très bizarres eux-mêmes, que son propre père passe ses journées au grenier pour épier l'arrivée des soucoupes volantes ? Indiana choisit d'éluder.

— Il préfère rester à la maison avec ma belle-mère, Angelica. Elle est allemande, dit Indiana, comme si cela expliquait tout.

Or, cela n'explique rien. Indiana se croit donc obligée de tout raconter.

— Ma maman est morte alors que j'avais à peine quatre ans. Je me souviens peu d'elle. Elle travaillait dans une entreprise qui fabriquait des coucougnettes. Ce sont des fruits confits fourrés de foie gras. Vous devriez essayer à l'occasion, c'est la grande spécialité de la ville, c'est excellent. Et un jour, pfuit ! il y a eu un incendie et tout est parti en fumée, l'usine, le foie gras, les fruits confits, et ma maman avec. Papa s'est remarié deux ans plus tard avec Angelica Gein, qu'il avait rencontrée dans un train. Il était contrôleur à la SNCF, il a demandé à voir le billet de celle qui est devenue ma belle-mère. Au lieu de le poinçonner, il a noté son numéro de téléphone dessus. Elle l'a rappelé et puis voilà, ils se sont mariés quatre mois plus tard. Angelica est très gentille. Oh, elle a bien quelques défauts, comme celui de mettre des pruneaux dans tous ses plats – il paraît qu'on fait comme ça en Allemagne, c'est ce qu'elle dit en tout cas, mais je n'y crois pas –, mais depuis que je suis assez grande pour cuisiner, ce n'est plus un problème. Elle est devenue ma deuxième maman, et si vous aimez les histoires de star, elle est incollable sur toutes les célébrités. Elle est abonnée à « Voilà-Voilou », « Tempête de stars », « Tout sur n'importe quoi » et autres joyeusetés.

— Donc, vous vivez encore avec vos parents ?

— Oui, juste en face de chez vous, j'ai vu votre camion de déménagement arriver ce matin, il était diablement beau !

— C'est vrai, il appartient au frère du cousin belge de la belle-sœur de ma tante. Léonid. Il importe des chocolats fourrés depuis la Belgique. C'est fameux, moi je vous dis. Y a rien de meilleur que le chocolat belge, à part peut-être l'Alyonka, qui est le plus connu des chocolats russes. Mais Léonid, il aime pas, il dit que c'est du pipi de chat. Au vu de la couleur et de la consistance, j'aurais pas dit pipi, mais…

— Irma, gronde Igor.

— C'est vrai, pardon, je vous ai interrompue. Mais nous n'arrêtons pas de vous poser des questions, vous devez avoir la tête qui tourne !

— Ce n'est rien, dit en riant Indiana. Il va falloir m'excuser, mais je pense qu'il est l'heure pour moi de rentrer à la maison. Si vous le permettez, je vais prendre la pendule et l'apporter à mon père. Il trouvera sûrement un moyen de la réparer. Je vous la ramène dès que c'est fait. Et si vous avez besoin de quoi que ce soit, n'hésitez pas à nous demander. Moi je travaille toute la journée, mais Angelica est très serviable. Mais surtout, ne lui demandez pas de vous cuisiner quelque chose !

Igor lui remet la pendule, qui tient dans le creux de la main d'Indiana. La jeune fille n'ose pas la glisser dans sa poche et se contente de refermer les doigts sur le fragile objet, salue ses hôtes puis repart comme elle n'était pas venue, c'est-à-dire par la porte d'entrée.

— Tu rentres tard, lui dit sa belle-mère. J'ai commencé à cuisiner, ton père va avoir faim d'ici quelques minutes, tu le connais, il a une montre dans l'estomac.

Angelica ne demande pas à sa belle-fille où elle est restée tout ce temps. Elle ne demande jamais rien. Ce n'est pas du désintérêt, mais une sincère volonté de ne pas se montrer indiscrète ni invasive. Elle s'inquiète beaucoup de voir sa fille d'adoption rester célibataire si longtemps et ne consacrer son temps libre qu'à l'apprentissage de cette langue étrange et gutturale qu'est le russe. Pour elle qui avait passé sa jeunesse à rêver des beaux yeux de Richard Gere, la passion de sa belle-fille pour Vladimir Kovar et pour la Russie est inconcevable. Certes, le président russe présente bien pour un homme de cet âge, mais tout de même, le monde ne manque pas de beaux jeunes gens bien propres sur eux, comme Justin Bieber par exemple, au cas où le chanteur ne serait pas gay. Cela détourne les pensées d'Angelica vers l'un des magazines people qu'elle n'a pas encore lus. Elle remonte sa splendide chevelure grisonnante en un chignon lâche fixé par une fourchette et abandonne l'élaboration de son omelette aux pruneaux (au grand bonheur d'Indiana qui remplace les susdits pruneaux par des champignons) au profit de la lecture d'un article de haute presse. Si Angelica aime les people, elle n'en a pas moins été professeur de littérature allemande dans un lycée de Berlin. Ce n'est que lorsqu'elle a pris sa retraite après avoir épousé Ferdinand qu'elle a remisé ses classiques au placard. Malgré des années dans le Périgord, son français est parfois hésitant et les hebdomadaires lui permettent de lire sans se casser la tête, la presse allemande étant difficile à trouver dans le Périgord. Elle a fini par se passionner par la vie des stars, même si elle possède dans sa chambre l'intégrale de l'œuvre de Goethe qu'elle savoure chaque matin avant que la maisonnée ne s'éveille.

La nuit tombe, et Ferdinand descend enfin du grenier. Il contemple d'un air ravi la petite pendule que sa fille lui montre, admire le mécanisme et la finesse des sculptures, et promet de se mettre au travail dès le lendemain. Il est enchanté de cette nouvelle tâche qui s'annonce gratifiante.

Quand Indiana explique que leurs voisins sont russes, et non pas parisiens, Angelica lève un œil de son magazine et dit :

— Tu leur souhaiteras la bienvenue de notre part. Peut-être devrais-je leur cuisiner quelque chose ? Une quiche saumon-pruneaux par exemple ?

Indiana et son père frémissent d'horreur.

CHAPITRE 2 :
Où l'on en apprend plus sur les nouveaux voisins.

Indiana ne revoit ses voisins qu'une semaine plus tard. Elle a passé d'épouvantables moments au bureau, parce que les deux protagonistes de l'accident de voiture qui les ont tant occupés le jeudi précédent sont tous deux revenus sur leurs déclarations. Après une bouteille d'alcool de noix, ils en étaient à nouveau arrivés aux mains et leurs épouses n'avaient pas été suffisantes pour les séparer. Le cafetier, excédé, avait fini par appeler la maréchaussée. Au niveau de l'assurance, il avait fallu user de diplomatie afin que chacun réalise que les déclarations ayant déjà été envoyées à la compagnie, ils risquaient de perdre leurs droits s'ils persistaient dans leur folie. Il fallut à nouveau beaucoup de café. On évita l'alcool.

Ferdinand, de son côté, n'a pas chômé. Il a envoyé Angelica emprunter une loupe chez le bijoutier afin de réparer la pendule d'Igor. Il a ensuite démonté entièrement le petit objet et s'est attelé à la tâche. Il lui a fallu une journée entière pour démonter la boiserie et le mécanisme, deux pour trouver quelle était la pièce défectueuse, et trois de plus pour redresser l'engrenage tordu. Il a tout remonté la veille et attend que la colle sèche sur la petite boiserie. Encore une journée, et ce sera parfait. Le tic-tac de la petite merveille le fascine. Il a momentanément oublié l'arrivée prochaine des extraterrestres, et Angelica se demande si elle ne devrait pas contacter « La Dordogne libre », le journal gratuit local, afin de placer une petite annonce pour Ferdinand. L'occupation s'avérait une saine thérapie pour le quinquagénaire et apaisait son obsession extraterrestre.

Maintenant que la pendule est prête à être rendue à son propriétaire, Ferdinand soupire, nettoie tout le bazar qu'il a fait et reprend ses jumelles. « Oui, une petite annonce, ce serait bien », soupire Angelica en jetant un œil distrait à Vladimir qui se promène sur le buffet. Celui-ci est libre d'aller et venir comme bon lui semble dans la maison et ne rentre dans les pénates de sa cage que la nuit tombée. Il a à de nombreuses occasions pu rencontrer les quelques rongeurs qui peuplent leur maison sise au bord de la campagne et il n'est pas peu fier d'avoir presque conclu avec une femelle loir. Il partirait bien en expédition dans la cave, mais sa porte en est toujours bien fermée depuis qu'Angelica y a retrouvé Vladimir cerné par des rats. Ferdinand a posé des pièges un peu partout et le cochon d'Inde a promis de ne jamais y retourner. Pourtant, son histoire avec cette petite rate avait bien commencé, jusqu'à ce que son petit copain la surprenne à renifler un bout de banane avec l'animal domestique, ce qui lui avait fort déplu. Il avait appelé ses potes et comptait bien faire la peau à Vladimir quand le gang avait été surpris par la maîtresse de maison qui les avait chassés à coup de balai. Depuis, le cochon d'Inde a jeté son dévolu sur une femelle écureuil vivant au bout de la rue, dans l'ancien potager des Pruneau. Ce soir, au retour de sa maîtresse, ils iraient y faire un tour et il espère bien enfin conclure.

Le vendredi, c'est le jour du sport pour Indiana. Elle termine à quinze heures trente en vertu des trente-cinq heures qu'elle est la seule à respecter. Fille de cheminot un jour, fille de cheminot toujours ! Il faut dire qu'elle est sous-payée par rapport à ses qualifications et qu'elle prend plus souvent qu'à son tour les permanences du samedi matin sous prétexte qu'elle n'a pas d'enfants. Permanences qu'elle ne récupère jamais. Malgré son diplôme, elle ne sera jamais promue : le fils du patron, qui peine à avoir son bac, reprendra l'agence tôt ou tard. Et puis surtout, Indiana ne va pas rester en Dordogne toute sa vie. Elle a des projets. Aller en Russie n'est que le premier pas. Elle verra le monde, c'est sûr. Enfin demain, parce qu'aujourd'hui, elle a sport. Elle passe à la salle, espérant ne pas croiser son ennemie jurée et ancienne meilleure amie, Samantha Fix qui, malheureusement, sautille sur le tapis de course.

— Salut Indiana ! Tu viens encore à la salle ? C'est pourtant pas la peine, tu ne perds jamais un gramme !

— Salut Samantha, répond Indiana. Je ne viens pas à la salle pour perdre du poids, mais pour le plaisir.

— Tu parles ! lui lance cette garce de grande perche.

Indiana enfonce rageusement ses écouteurs dans ses oreilles et rame, rame, espérant que la salope trop mince l'oublie. Malheureusement, il en est dans les livres comme dans la vie : les salopes trop minces n'oublient que rarement les petites rondes. Surtout quand on a le derrière large. Heureusement, Indiana est sauvée par l'arrivée du très beau, mais stupide, prof de gym qui tient la garce occupée. Qu'elle minaude, tiens, pendant ce temps-là, Indiana a la paix. Elle adore le sport depuis toujours, et malgré ce que croit son ancienne meilleure amie, elle vient vraiment ici pour se faire plaisir.

Après vingt minutes de rameur, vingt de vélo et vingt de plus sur le tapis de marche (cours, Forest, cours !), Indiana sacrifie la demi-heure restante aux différents appareils de torture disponibles, puis fait ses étirements avant de passer à la douche.

Lorsqu'elle en sort, Samantha lui pince la taille entre deux doigts en lui disant :

— Beurk, c'est flasque tout ça.

Habituée aux perfidies de la blondasse – décolorée, pour sûr –, Indiana répond :

— C'est de la tendresse en plus. Tu ne sais plus ce que c'est, toi, la tendresse…

Indiana pourrait répondre aussi méchamment que Samantha, mais ce n'est pas son genre. Elle pourrait dire à Samantha qu'elle a grandi dans un foyer aimant, où son père et sa belle-mère ont réussi par leur amour bienveillant à compenser la perte de sa mère. Que bien sûr, ils ne sont pas bien riches, mais qu'ils ont tout ce dont ils ont besoin. Qu'évidemment, elle n'est pas aussi grande et mince que Samantha, mais qu'elle est sortie de l'université de Bordeaux avec un diplôme de droit, qu'elle n'est pas shampouineuse à mi-temps… Indiana pourrait dire tant de choses en fait, mais elle préfère se taire et encaisser les rosseries plutôt que de blesser son ancienne amie qui, au fond, doit être bien malheureuse.

De retour à la maison, Angelica lui dit que la pendule est réparée et qu'elle peut la ramener chez leurs voisins. Indiana regarde l'heure et conclut que dix-huit heures vingt est une heure acceptable pour se faire offrir l'apéro. Elle emmènera Vladimir faire sa balade plus tard. Celui-ci se couche sur le dos d'un air misérable pour tenter de la faire changer d'avis, mais comme rien n'y fait, il part bouder sur les genoux d'Angelica qui lui donne distraitement des petits morceaux de pomme. Indiana dépose avec précaution la pendule dans une grande boîte d'allumettes puis traverse la rue.

L'ancien carillon de la porte d'entrée a été remplacé par un heurtoir viril en forme de tête de tigre. Indiana attrape l'animal de fonte par le nez et cogne.

Lorsqu'Irma lui ouvre, elle la serre contre son cœur, comme si elle revoyait une vieille amie depuis longtemps perdue de vue. Indiana lui montre la boîte.

*[La conversation suivante se déroulant moitié en russe, moitié en français,
l'auteur a jugé plus agréable de tout transcrire en français. Ce dernier n'est
pas responsable des éventuelles imprécisions de traduction : Google et
Reverso ne sont pas infaillibles. Merci.]*

— Papa a réparé la pendule.

— Oh, c'est vrai ? Igooooor, crie la matrone russe dans un hurlement à
percer des tympans autrement plus grands que ceux de son petit mari.

— Je suis là, ma Kalinka, ne recule surtout pas, je suis là.

Indiana et Irma baissent les yeux. Igor trône sur un petit engin,
reproduction miniaturisée d'un antique bicycle ! Il porte un casque
d'aviateur un peu trop grand pour lui avec de minuscules pinces à
pantalon en velours rose pour éviter que celui-ci ne se prenne dans les
rayons des roues.

— Génial, non ? dit Igor un grand sourire aux lèvres. Irma me l'a trouvé
dans un vide-grenier. Il était un peu rouillé, mais on a bien travaillé ! Ça
me facilite la vie, tu n'imagines pas ! Avec mes petites jambes, me déplacer
dans la maison revient à faire un marathon tous les jours, j'ai de ces
mollets ! En plus, cela double ma taille, regarde, je t'arrive au genou !

Indiana regarde Irma, qui sourit avec ravissement à son minuscule mari.

— Très… pratique en effet ! Mais pour les escaliers ?

— Les escaliers restent un problème, je te l'accorde. On trouvera une
solution. Ma Malinka ne peut tout de même pas toujours me porter !

— C'est vrai, moy dorogoy. Tu dois être autonome. Mais entrez donc,
suivez-moi !

Et le petit homme de pédaler furieusement vers le salon. Il roule à fond
les manettes, mais Indiana et Irma doivent tout de même ralentir le pas
afin de ne pas le dépasser. Il est si heureux de sa vitesse nouvelle
qu'aucune des deux femmes ne veut le désappointer en le dépassant en
deux pas.

— Installez-vous, ma belle ! Je vous sers une vodka, bien froide, avec des glaçons !

— Et un peu de jus d'airelles pour moi, dit Igor.

— Pour moi aussi, s'il vous plaît, ajouta Indiana.

Après une petite pause pendant laquelle la jeune fille sort la boîte d'allumettes de sa poche, elle reprend.

— J'ai votre pendule, papa l'a réparée. Elle est comme neuve, même si un peu de colle a coulé sur le côté. Papa a de si gros doigts !

— Comme c'est gentil ! Ne vous en faites pas, mes doigts à moi sont si petits, je la nettoierai parfaitement.

Et le petit homme d'ouvrir la boîte d'allumettes.

— Elle tictaque parfaitement ! C'est un miracle. Votre père est un génie ! Que puis-je faire pour vous remercier ?

— Rien du tout, dit Indiana un peu gênée, c'est tout de même de ma faute si elle était cassée !

— Allons allons, un accident, c'est tout.

Sur ces entrefaites, Irma arrive avec les boissons. Du thé, bien sûr, et aussi de la vodka qui est glacée à souhait. Le jus d'airelles la rend moins sucrée, ce qui est totalement rafraîchissant.

— Puisque vous ne voulez pas de remerciements, nous allons vous récompenser en vous racontant une histoire. Notre histoire. Elle est un peu triste, comme toutes les histoires russes, mais surtout, ne nous plaignez pas. Nous autres russes sommes forts, et la tristesse n'est qu'une des composantes de la vie.

Irma s'assied pesamment dans son fauteuil, porte Igor (sans son vélo tout de même, inutile de griffer la table cirée) sur le meuble bas où il s'installe dans son minuscule fauteuil à bascule. Il saisit un tout petit verre rempli à ras bord d'une goutte de vodka, se cale bien au fond du siège et commence :

— Il était une fois… Toutes les histoires commencent comme ça et la nôtre ne fait pas exception… Nous sommes originaires tous les deux de Iakoutsk, en Sibérie. Nous nous sommes rencontrés il y a près de cinquante ans. Irma a grandi dans une petite ferme à l'écart de la ville, et c'est là que nous avons vécu nous aussi lorsque ses parents sont décédés prématurément lorsqu'elle avait vingt ans : la vache folle… Ils ne sont pas morts de la maladie, mais de chagrin : il leur avait fallu abattre toutes leurs bêtes. Ils étaient éleveurs, et les vaches étaient leur bonheur. Irma est devenue fromagère. Elle a reçu plusieurs prix, vous savez, elle faisait le meilleur Dorobouski de toute la Russie. C'est un fromage à pâte molle dont la croûte odorante fond dans la bouche. Un vrai délice… Imaginez, on se l'arrachait à Moscou ! Boris Eltsine ne jurait que par le fromage d'Irma ! Une vraie fée, ma Kalinka… Moi, depuis tout petit, je suis passionné par les sciences. J'ai commencé par observer la nature puis, à l'âge de douze ans, j'ai commencé mes expériences. Vous savez, on imagine toujours que la Sibérie est un endroit où il n'y a rien : c'est totalement faux ! Cette région regorge de plantes aux propriétés étonnantes. J'ai donc entamé des études de biologie et de chimie à Moscou, puis je me suis spécialisé en microbiologie. J'ai eu la chance de pouvoir travailler dans les laboratoires de recherche d'une société de cosmétiques biologiques en périphérie de Iakoutsk. On mettait à ma disposition des moyens énormes pour mes recherches. Oui, nous étions heureux.

Igor lampe un peu de vodka et reste pensif une minute.

— Depuis le début de notre vie de couple, je m'étais construit un petit laboratoire dans notre maison. J'y travaillais tous les jours sur un procédé révolutionnaire anti-acné. J'avais de bons résultats : regardez le visage de ma douce Irma, pas un bouton !

Indiana sourit et acquiesce. Effectivement, l'épouse du chercheur est exempte de toute acné, mais sans doute l'âge de la bonne dame y est plus pour quelque chose que la crème miracle de son mari…

— Je travaillais aussi à la maison, combinant sans fin mes extraits de plantes. Et puis un jour, c'était il y a quelques mois, Irma a recueilli une petite zibeline. Vous savez, ces jolis animaux dont on fait les fourrures ? Elle était toute jeune et venait régulièrement dans notre jardin. Irma lui a mis un bout de fromage sur une assiette et la petite bête est venue le manger. Après quelques semaines, elle a fini par rentrer dans la maison puis elle s'est laissé caresser. Elle a pris ses quartiers chez nous et n'a plus voulu en sortir. Nous l'avons appelée Oustina. Elle restait souvent près de moi au laboratoire et dégustait des baies sauvages que je mettais à sa disposition. Il y a tout juste deux semaines, elle a subtilisé une botte d'herbes fraîches que je m'apprêtais à distiller. Elle a tout englouti en une minute, je n'ai pu rien faire : vous savez, les zibelines sont des animaux très rapides. Elle s'est logée sur une armoire et hop ! il ne me restait plus rien. J'étais assez fâché, car je devais retourner à quelques kilomètres de chez moi pour cueillir de nouvelles plantes fraîches. Je suis donc parti et l'ai laissée sur le haut de l'armoire.

— Elle était facétieuse, notre Oustina !

— Oui, c'est vrai. Bref, lorsque je suis revenu deux heures plus tard, elle était tranquillement sur mon bureau en train de dormir. Elle cuvait son forfait. Elle avait en plus fait un tas de petites crottes sur mes papiers ! J'étais furieux, je l'ai chassée, ai ramassé ses saletés et j'ai jeté le tout dans le poêle à bois. C'est là que ça a commencé.

— Qu'est-ce qui a commencé ?

— Tout. Notre histoire. Figurez-vous que ce que j'ignorais, c'est que j'étais espionné ! Le « Gros Bouffi », leader de la Bourrée de l'Est, ce pays ignoble, avait eu vent, Dieu sait comment, de mes travaux. Or, il souffre de problèmes d'acné et dépense des fortunes en maquillage. Il a donc envoyé deux de ses sbires, des individus à la coiffure étrange et aussi ronds que des meules d'emmental, afin de m'enlever et de me faire travailler pour lui, comme esclave. Ces deux personnages se sont introduits dans la maison en mon absence et ont attendu une heure propice pour me kidnapper.

— Waouw, l'interrompt Indiana. Mais… La Bourrée de l'Est ?

— La Bourrée de l'Est est un minuscule état d'Asie. On en parle très peu – et c'est tant mieux –, mais c'est l'un des pays les plus totalitaires du monde. Le Gros Bouffi oblige ses concitoyens à arborer la même coiffure que lui et personne n'a le droit de peser moins de cent kilos, ce qui est son poids de forme ! Cela implique que les habitants doivent se goinfrer toute la journée, parce que peser moins de cent kilos vous amène droit aux camps de concentration : là, au lieu de les affamer comme on fait partout, des tortionnaires gaveurs leur font manger d'immenses meules de fromage jusqu'à ce qu'ils pèsent au moins cent trente kilos ! Le Gros Bouffi aime beaucoup le fromage, et tous les habitants de la Bourrée de l'Est se doivent d'aimer ça aussi. Toute cette orgie de fromage donne des problèmes de peau et le leader souffre d'une acné vraiment résistante, explique Irma.

— Ils m'attendaient dans le bureau, reprend Igor, mais je suis allé directement à mon laboratoire. Lorsque j'ai jeté les déjections d'Oustina et les restes d'herbes à moitié dévorées dans le poêle à bois et que ça a commencé à brûler, une épaisse fumée s'en est dégagée. Elle a rapidement envahi le bureau, puis la maison tout entière.

— Sans doute le conduit était-il encore bouché par le nid de grives qui s'était installé sur le toit… Je t'avais dit de l'enlever ! interrompt Irma.

— Je sais, ma douce, que j'aurais dû enlever ce nid, mais j'étais tellement pris par mes recherches… Enfin bref, en moins de quelques minutes, la maison était remplie de fumée. C'est à ce moment-là que les affidés du Gros Bouffi ont fait irruption dans mon laboratoire. Ils m'ont saisi par les épaules, puis il y a une un grand bang ! et le monde s'est mis à tourner. Nous sommes tombés tous les trois sur le sol et nous nous sommes évanouis.

— Mon Dieu ! Et Irma ? Où était-elle ?

— À Iakoutsk en train de livrer ses fromages, fort heureusement !

— Et que s'est-il passé après ?

— Lorsque nous sommes revenus à nous, ils m'ont ligoté et traîné dehors juste au moment où Irma rentrait du travail. C'est là qu'on a eu un choc ! Elle était géante !

— Quoi ?

— En fait, c'est nous qui avions rapetissé. Nous sommes tous les trois restés interdits face à Irma. C'est elle qui a réagi la première : elle a foncé droit sur les deux Bourréens – c'est comme ça qu'on appelle les habitants de la Bourrée de l'Est –, les a attrapés par le col et les a fourrés dans son sac !

— C'est tout ce que j'avais sous la main, se justifie Irma.

— On s'est retournés vers la maison et on a réalisé qu'elle avait quasi disparu. Elle avait rapetissé, comme nous !

— Et qu'avez-vous fait alors ?

— Eh bien, une fois revenus de notre surprise, nous avons emménagé dans l'étable. Nous avons interrogé les deux kidnappeurs, et quand ils nous ont raconté toute l'histoire, nous nous sommes dit que nous devions absolument déménager. Le Gros Bouffi n'allait sûrement pas en rester là ! Les deux espions nous ont suppliés de ne pas les renvoyer en Bourrée de l'Est où ils risquaient être jetés aux chiens pour avoir échoué dans leur mission. Alors, on les a mis déposés dans un train vers Moscou, discrètement cachés dans une boîte de conserve de crabe. Puis on a mis les voiles. On ne voulait pas abandonner notre maison même si elle ne faisait plus que quatre-vingt-dix centimètres de haut, alors Irma a trouvé une grande boîte dans laquelle elle l'a rangée et nous avons pris un avion pour Paris, où j'ai de la famille. J'ai voyagé dans son sac à main ! Quelle affaire quand il a été fouillé ! On avait complètement oublié le scanner ; j'ai dû résister aux chatouilles du douanier à l'aéroport : il croyait que j'étais une sorte de Ken. Vous savez, le mari de Barbie… Il m'a ausculté longuement, j'ai faillir rire lorsqu'il a conclu que j'étais le plus beau vieux Ken qu'il ait jamais vu ! Arrivés en France, on a longuement discuté avec nos cousins pour savoir où nous pourrions tranquillement nous cacher en attendant que la situation se décante et que je trouve une solution pour résoudre mon problème de taille. Ippolito, mon cousin par alliance, a parlé de Périgueux, et nous voilà. Il a dit qu'il était venu en vacances en Dordogne et que tout était très tranquille par ici. Et qu'en plus de bien manger, personne ne nous embêterait. Nous avons acheté la maison de votre voisine – le notaire nous a fait un super prix, il paraît qu'elle était en vente depuis un bout de temps –, emprunté le camion de chocolats belges de Leonid, et nous voilà ! J'ai toujours mon laboratoire dans la maison et je prévois de commencer à travailler sur un antidote dès la semaine prochaine. J'attends une livraison de plantes de Sibérie pour débuter mes recherches.

— Les plantes ? Mais… n'aviez-vous pas parlé de crottes de zibeline ?

— Mon Dieu, Oustina ! On a oublié Oustina ! Elle doit toujours être à Iakoutsk ! C'est une catastrophe !

Le couple se regarde d'un air consterné. Tout à leurs émotions, ils ont oublié Oustina la zibeline.

Igor se prend la tête dans les mains et avec un grand soupir dit :

— Sans crottes, pas d'antidote…

CHAPITRE 3 :
Où Indiana prend une décision.

Indiana a laissé ses voisins à leur déconfiture et est rentrée chez elle. L'histoire qu'elle a entendue l'a rendue un peu triste. Le couple, malgré ses bizarreries, lui est très sympathique. Ce n'est pas une raison pour négliger son cochon d'Inde, et elle extrait Vladimir de sa cage où Angelica l'a remis pour pouvoir cuisiner. Elle le place sur son épaule et ressort, cette fois pour la promenade quotidienne de son ami à quatre pattes.

Tout en remontant leur ruelle vers les champs, elle explique la situation à Vladimir. Celui-ci se contente de manger son morceau de pomme. Il ne dit rien, mais n'en pense pas moins. Cette histoire de zibeline l'intéresse beaucoup. Il essaie de visualiser dans son tout petit cerveau à quoi peut bien ressembler une jolie rongeuse à la crotte magique. Et est-ce que ses propres crottes ont aussi des super-pouvoirs ? Est-ce que s'il en mangeait, cela le rendrait super rapide ? Comme ce Flash Gordon qu'il avait vu dans l'une de ces BD rapportées un jour par Indiana, alors qu'elle était accompagnée d'un humain mâle non identifié. Le garçon avait disparu, mais pas les BD, que Vladimir avait dévorées dans tous les sens du terme.

Le cochon d'Inde se promet de tenter l'expérience dès son retour. Ouaip, il va tester ses crottes. Avec un peu de chance, ça le rendrait aussi plus craquant. Il est bien comme il est, mais il ne crache pas contre un peu plus de sex-appeal. Qu'est-ce qu'on ne doit pas faire pour plaire à toutes ces femelles…

Indiana parle toujours. Elle arrive bientôt dans le petit potager que son père entretenait avant de devenir monomaniaque de l'invasion. Ce pauvre jardinet est envahi non d'êtres venus d'autres galaxies – ce qui aurait plu à Papounet –, mais bien de mauvaises herbes. Indiana se fraie un chemin jusqu'à un carré de framboisiers ensevelis par les ronces. Elle dépose avec précaution Vladimir sur le sol, le laissant vaquer à ses petites affaires : le cochon d'Inde a droit à sa vie privée, animal domestique ou pas. Il ajuste la pomme dans sa bajoue et disparaît dans les herbes hautes à la recherche de sa dulcinée écureuil, non sans s'être léché les testicules. Vladimir est gentleman, il pense toujours à vérifier l'état de ses bijoux de famille avant toute possible copulation, même si trop souvent qu'à son tour ces toilettes sont vaines tant les femelles sont difficiles.

Tout en mangeant des framboises directement à l'arbuste, Indiana se demande comment aider ses infortunés voisins. Ils ne peuvent évidemment pas repartir à Iakoutsk, au cas où le Gros Bouffi aurait envoyé d'autres malfaiteurs à leurs trousses. Quelqu'un doit pouvoir les secourir. Qui parlerait russe et n'aurait peur ni des rongeurs ni de l'aventure. Mais bon sang, mais bien sûr ! C'est elle tout craché ! C'est décidé, elle va partir en Sibérie pour retrouver Oustina, la ramener et guérir Igor. Cela nécessitera juste un peu d'organisation. En route pour la Russie ! Cela lui donnera l'occasion de pratiquer ce russe qu'elle étudie depuis trop longtemps. Et peut-être d'apercevoir son idole, Vladimir Kovar, pour lequel elle ressent une attirance qui n'est ni de nature sentimentale ni amoureuse. Il a un je-ne-sais-quoi qui l'intrigue depuis toujours.

Il est maintenant trop tard pour parler de ses projets à Igor et Irma, mais elle le fera le lendemain sans faute. Le seul problème, c'est Vladimir. Il tremble de tous ses poils dès qu'Angelica approche de sa gamelle depuis qu'elle lui a servi des pruneaux marinés au vinaigre lors des dernières vacances d'Indiana, qui avait dû rentrer du Portugal pour l'emmener chez le vétérinaire tellement il avait été malade. Vladimir a beau être un animal, il ne digère pas n'importe quoi ! Angelica est une femme merveilleuse, mais son obsession alimentaire est incompatible avec le régime de Vladimir. Mais c'est sans doute aussi pour ça que sa belle-mère est si mince : tous ces pruneaux ont l'air bons pour sa ligne !

Demander à Ferdinand est peine perdue : son père a beau être de très bonne volonté, il est tellement obnubilé par les extraterrestres et l'invasion qui ne saurait tarder qu'il se néglige beaucoup. Alors, le laisser gérer les repas de quelqu'un d'autre, c'est trop dangereux pour la santé du cochon d'Inde.

Il y aurait bien sa collègue Lydia, mais il faudrait qu'elle ait oublié le malheureux incident entre son matou angora et Vladimir. Le pauvre chat s'était retrouvé à demi castré après avoir reniflé d'un peu trop près le trou de balle de Vladimir, alors que celui-ci était chez lui pour le week-end. Non, Lydia n'est pas une solution. Indiana a un peu peur de demander à ses gentils voisins, vu la taille d'Igor. Vladimir pourrait le prendre pour un jouet… Il n'est pas idiot, son petit rongeur, mais il a des instincts… Qui sait ce qui pourrait se passer ? L'animal est végétarien, mais tout de même.

Indiana rappelle son cochon d'Inde qui vient de se voir éconduire une énième fois par la demoiselle écureuil, sous prétexte que la pomme qu'il lui a offerte était à moitié mâchée… *Les femelles*, se dit Vladimir en courant telle une fusée vers sa maîtresse, *quelles créatures compliquées !* Il va devoir en faire des tours dans sa roue pour calmer ses ardeurs… Et les humains qui se demandent pourquoi leurs animaux domestiques ont des comportements étranges… Heureusement qu'Indiana n'a pas de sexe !

La nuit se passe sans nuages et bien que le temps au réveil des deux compères soit des plus radieux, une angoisse sourde a pris ses quartiers dans l'estomac d'Indiana. Elle doit parler de son projet à ses nouveaux amis.

C'est le moment, se dit la courageuse jeune fille. *D'abord, la douche, puis j'attendrai l'heure de l'apéro pour aller voir Igor et Irma. Je commence à prendre goût aux apéros russes !* constate-t-elle avec plaisir.

Ni Ferdinand ni Angelica ne sont dans la cuisine. C'est rare qu'il quitte la maison, mais il arrive que son père soit pris d'une frénésie de contacts humains. Il accompagne alors son épouse au supermarché, où il écume les rayons en menant son caddie comme un dératé. Angelica suppose que son mari s'imagine aux commandes d'un vaisseau spatial fonçant au milieu de la galaxie. Supposition renforcée, il est vrai, par les bruits de moteur étranges que Ferdinand émet à chaque bifurcation que prend le chariot. Indiana prend un rapide petit-déjeuner puis s'en va au marché, comme tous les samedis. C'est l'occasion de rencontrer les petits producteurs du pays et de se fournir en produits frais. Indiana remplit son petit trolley décoré de cœurs roses avec ses courses et reprend le chemin de la maison.

Une fois rentrée, elle range bien tout précautionneusement et monte au grenier. Ses parents s'y trouvent, l'un avec ses jumelles de vision nocturne, avec lesquelles il ne doit rien voir puisqu'on est en plein jour, et sa belle-mère qui, pour une fois, est montée au perchoir avec sa nouvelle récolte de magazines. Elle les embrasse tous les deux et redescend dans sa chambre pour prendre Vladimir. Elle le glisse dans la poche de sa veste et traverse la rue pour aller annoncer sa décision à ses voisins.

C'est Igor qui lui ouvre la porte, ou plutôt qui lui crie d'ouvrir celle-ci. Il est fort joyeux, comme à son habitude. Irma est dans la cuisine. Indiana leur demande de s'asseoir avec elle dans le salon.

— J'ai à vous parler. J'ai bien réfléchi à votre histoire, et j'ai décidé de vous aider. Ne dites rien, ajouta-t-elle lorsqu'elle voit Irma ouvrir la bouche, ma décision est prise. Je pars en Russie.

Irma et Igor ont les larmes aux yeux. Ils voient bien qu'aucun argument ne pourra ébranler la décision de la jeune femme. Ils sont tellement émus qu'ils en oublient de sortir le thé.

— Par contre, je ne peux pas laisser Vladimir à la maison. Angelica a du mal à gérer sa nourriture et Papa est trop distrait. Vous pourriez vous en occuper ?

— Vladimir ?

— Oui. Mon cochon d'Inde. Il a peu de besoins, il vit dans sa cage et il faut juste le promener une fois par semaine au jardin potager au fond de la rue. Normalement, j'y vais presque tous les jours, mais vous n'êtes pas obligés. Une fois par semaine suffira.

Vladimir, entendant son nom, sort la tête de la poche. Irma pousse un petit cri ravi, mais Igor devient tout blanc.

— Il est énorme !

— Mais non, il est tout petit !

Indiana pose le cochon d'Inde sur la table, à côté d'Igor. C'est vrai qu'ils ont quasiment la même taille… Vladimir renifle le scientifique qui n'en mène pas large. Ce n'est peut-être pas une si bonne idée que ça, finalement… Mais après réflexion, Igor sourit et attrape Vladimir par le cou.

— Tu crois qu'il accepterait d'être monté ? Il me faudrait une selle…

— Heu… Faut essayer, mais je ne crois pas…

Mais Igor tente déjà l'ascension. Il agrippe le pelage de Vladimir au niveau du cou et lance sa jambe par-dessus le cochon d'Inde. Celui-ci se cabre sous le poids du bonhomme. Igor tente de maintenir l'équilibre lorsque Vladimir se met à tourner sur lui-même de plus en plus vite. Le scientifique fait ce qu'il peut pour se maintenir sur le dos de l'animal qui se met à ruer. En quelques secondes, monture et cavalier font une époustouflante démonstration de rodéo miniature jusqu'à ce que l'animal éjecte le bonhomme, qui atterrit sur les genoux d'Indiana.

— Va falloir recommencer, mais ça peut le faire, sourit Igor, visiblement enchanté de l'expérience.

Ce n'est pas du tout l'avis de Vladimir. Monter une jolie femelle cochon d'Inde, ou même écureuil, il le conçoit parfaitement. Et même grimper une moche, ça peut se discuter, à condition qu'il soit vraiment en manque. Ce qu'il est en permanence, à dire vrai. Mais être monté, ça non ! Il a tenté une fois l'expérience avec le chat angora de Lydia, mais ça n'avait pas été concluant. L'animal lui mordait violemment le cou. Homo, peut-être, sado-maso, non. Le chat l'avait douloureusement compris. De ses petites dents acérées, Vladimir avait attaqué, une fois libéré de sa fâcheuse posture, là où ça fait mal : entre les pattes arrière. Alors, se faire monter par un humain, même miniature, même en tout bien tout honneur, il n'est pas prêt. Tout de même, il ne faut pas mélanger les genres ! Vladimir est open, mais pas à ce point-là.

Irma, qui a entretemps récupéré son mari, le repose sur la table, et Vladimir le regarde d'un œil torve. Il voit que le bonhomme manigance quelque chose dans sa petite tête et tout cela ne lui plaît pas. Vraiment pas. Il se glisse dans la poche d'Indiana et n'en sort plus la tête. Il boude.

Indiana, Irma et Igor décident de se revoir le lundi soir afin de préparer la jeune fille au mieux pour son périple soviétique. Irma doit organiser son arrivée à Iakoutsk. Elle va téléphoner à sa voisine pour arranger l'hébergement de la jeune femme. « Via Internet ! », dit-elle triomphalement. La bonne dame déplore juste de ne pas encore être connectée… « Tout est si lent en France ! », se lamente-t-elle, comme si en Sibérie, la technologie était partout.

Igor fera un rapport circonstancié de tout ce qu'elle devra trouver, parce que tout compte fait, ce serait bien d'avoir des plantes fraîches en plus, et surtout, il exécutera un portrait détaillé d'Oustina la zibeline. Il a un bon coup de crayon, pour une fois que ça va servir à quelque chose. Il a du pain sur la planche. En ce beau samedi, Indiana doit acheter un billet d'avion et annoncer son départ à ses parents. Elle embrasse ses voisins et rentre chez elle.

Ferdinand et Angelica sont dans la cuisine lorsqu'elle rentre. Elle monte remettre Vladimir dans sa cage où il s'enfonce immédiatement dans la sciure pour bien montrer qu'il boude encore. Elle en profite pour allumer son ordinateur et consulter Internet afin de trouver un vol pour Iakoutsk, via Moscou. Il y en a un à un bon prix dans une quinzaine de jours, et même si elle a une légère hésitation au moment de confirmer son achat, c'est d'un geste déterminé qu'elle envoie les coordonnées de sa carte bancaire. Elle rentrera en train, puisque de toute évidence, la zibeline ne pourra jamais prendre discrètement l'avion. C'est fait. Elle part en Russie. Mince alors.

Il lui reste moins de deux semaines pour mettre au point le voyage dont elle rêve depuis trop longtemps. Bon, initialement, elle avait juste prévu de visiter Moscou et Saint-Pétersbourg, comme tous les touristes lambda, certainement pas de commencer la découverte de ce grand pays par l'un des lieux les plus isolés et rudes de la planète ! Mais au prix où elle a payé son billet, la connexion à Moscou sera tellement longue qu'elle pourra au moins voir un peu de la capitale. Lundi, elle s'occupera de son visa.

Russie, me voilà ! pense avec un triomphe mêlé d'angoisse la jeune femme. Annoncer la nouvelle à ses parents est une formalité : ils sont tous les deux enchantés d'apprendre que leur fille va enfin visiter le pays dont elle rêve. La nouvelle de son voyage est accueillie avec enthousiasme par toute la famille, surtout quand Indiana annonce que Vladimir le cochon d'Inde sera placé en garde chez les voisins. Tout à leur soulagement de ne pas avoir à s'occuper de la parfois si irascible bestiole, ils trinquent au vin jaune et exposent leurs vues sur l'ex-puissance soviétique. Son père lui fait un long discours sur la présence réelle ou supposée d'UFO dans le ciel russe et sa belle-mère se met à fantasmer sur une photo dédicacée des mannequins Irina Shayk ou Supernova. Décidément, Angelica sait tout sur tout dans le domaine des people ! Indiana peut-elle essayer de prendre un selfie avec les Polina Gagarina ou Tatiana Boulanova ? Devant l'air interdit de sa belle-fille, elle lui explique (longuement, oh, longuement) que les deux jeunes femmes sont des chanteuses et que ce serait vraiment formidable pour Angelica d'étoffer sa collection. Indiana sourit et ils trinquent tous à ce beau voyage qui s'annonce.

CHAPITRE 4 :
Où Indiana quitte le pays.

La semaine passe comme une étoile filante, entre ses dossiers d'assurance au travail et la préparation de sa valise sur les recommandations parfois contradictoires d'Irma et de Igor. La première veut qu'elle prenne sa propre veste en fourrure d'ours polaire qu'elle a sortie pour l'occasion et dans laquelle Indiana se sent comme dévorée par la peau trop grande. Le second clame qu'un simple pull-over fera l'affaire. Comme souvent, la réalité de la météo doit se situer quelque part entre ces deux extrêmes. Dans le doute, Indiana met son gros anorak de ski dans la valise : on n'est jamais trop prudent.

Grâce à l'invitation de Lana, la voisine Iakoute du couple, son visa arrive le mercredi suivant, juste à temps. *Encore un signe que tout va bien se passer*, se dit la jeune femme. D'ailleurs, il ne s'agit que de se promener dans les bois autour de la propriété de ses amis afin de trouver un rongeur qui aime bien les humains. Qui sait d'ailleurs s'il ne s'est pas réfugié chez un voisin ? Vladimir regarde les préparatifs d'un œil assez torve. Il a bien compris qu'il va se retrouver coincé pour une durée indéterminée chez les Effektnyy, et cela ne lui plaît pas du tout. La vieille dame aux cheveux rouges, passe encore, elle est assez sympathique, et puis son thé sent divinement bon, mais le petit d'homme qui essaie de lui grimper dessus, ça, ce n'est vraiment pas possible. Il en devient presque neurasthénique. Le pauvre cochon d'Inde ne fait guère plus que trottiner dans sa roue et s'enfouir sous des grammes de sciure, ce que ne remarque même pas son indigne maîtresse, trop occupée à ses préparatifs.

C'est la veille du départ. Indiana a quitté le travail à dix-sept heures. Elle prend l'avion le lendemain soir à Paris et doit déposer Vladimir et toutes ses affaires chez ses voisins avant de prendre son dernier repas prédépart chez ses parents. Le cochon d'Inde boude dans sa cage, il s'est enfoncé dans la sciure et ne prétend montrer à sa maîtresse que ses fesses poilues. Indiana essaie de l'amadouer en lui offrant une magnifique carotte, puis un morceau de Maroilles dont d'habitude il raffole, mais rien n'y fait, le cochon d'Inde ronchonne dans son coin. Les deux compères sont accueillis avec ravissement par le couple. Irma a fait de la place dans le salon pour héberger le petit animal. Une belle place près de la fenêtre, pour profiter des rayons du soleil et de la brise chantante de ce milieu de printemps. Igor est très impatient de revoir Vladimir, car il n'a pas renoncé à son idée : il a déniché sur le Net une petite selle de cuir, un jouet d'enfant, et compte bien l'essayer sans tarder. Il est fatigué du vélo qui lui fait, trouve-t-il, des mollets de cycliste professionnel. Il compte bien débourrer le cochon d'Inde et s'en servir comme moyen de transport. Irma lui a confectionné – pour avoir la paix et malgré ses propres réticences – un petit lasso fait de fils de soie, très doux, afin de ne pas risquer de blesser le compagnon de leur amie. Par mesure de précaution, elle a aussi acheté une petite carriole de Barbie Far West, au cas où le cochon d'Inde ne supporterait vraiment pas d'être monté. La charrette est d'une couleur parme digne d'un salon de coiffure de maison de retraite et saupoudrée de paillettes du plus bel effet, juge la bonne dame. Igor (qui aurait apprécié une carriole plus masculine) veut tester sa selle tout de suite, mais Vladimir ne prétend pas sortir le bout d'une patte hors de la cage. Pas con, le Vladimir. Le petit homme est fort déçu. Il essaie d'appâter l'animal sans succès.

Indiana et Irma vérifient une dernière fois toutes les instructions relatives à l'arrivée de la jeune femme à Iakoutsk. La voisine du couple, Lana, viendra la chercher à l'aéroport et la logera chez elle. Indiana a noté son nom, son adresse, son numéro de téléphone au cas où. Igor lui remet solennellement un magnifique croquis d'Oustina la zibeline, ainsi que de son collier avec sa petite médaille. Il ne faudrait pas se tromper d'animal et faire tout ça pour rien. Leur retour en Europe devra s'effectuer en train, puisque les animaux sauvages ne sont pas autorisés dans les avions et surtout, pour éviter une quarantaine à l'arrivée en France. Ce sera chose difficile, car Iakoutsk ne dispose que d'une gare de marchandises. Indiana devra donc d'abord se rendre à Tommot, à quatre cent cinquante kilomètres de là. Un cousin éloigné de la voisine, Boris, chauffeur routier, l'y emmènera. Depuis Tommot, le trajet en train prendra sept jours pleins jusqu'en France, ce qui laisse à Indiana une semaine pour trouver la zibeline. Court ou long ? L'avenir le dira.

Au moment de se quitter, Irma pleure un peu : la gentillesse des autres, ça lui fait toujours ça, et Indiana est sans conteste la personne la plus gentille qu'elle ait rencontrée. Igor, lui, remercie et tient absolument à serrer la main de la jeune femme. Indiana caresse le derrière poilu de Vladimir qui lui en veut toujours et fait mine de ne rien sentir puis elle s'éclipse. Il est temps de rentrer.

Ferdinand et Angelica lui ont préparé un beau dîner : une magistrale oie farcie de cèpes accompagnée de pommes de terre sautées au romarin, et comme dessert… un flan aux pruneaux, évidemment. On ne peut pas toujours y échapper.

Indiana part tôt pour Paris, alors elle se couche le cœur plein de bonheur à l'idée des aventures qui l'attendent et le ventre serré par une légère angoisse. Sera-t-elle à la hauteur de sa mission ? Trouvera-t-elle Oustina ? Son russe est-il assez bon ? La jeune fille s'endort sans trouver de réponse à ses questions.

Le lendemain, Indiana boucle sa valise et prend la direction de la gare. Le train est à l'heure, ce que la jeune femme voit comme un heureux présage. Aucune grève ne vient perturber son voyage. Ferdinand s'en est assuré. Il a encore des contacts à la SNCF et à la CGT, et tout le monde s'est passé le mot : Indiana devait absolument avoir son avion ! Aucun retard ne sera toléré. Ce que c'est d'avoir des relations, hein ? Le tam-tam du rail est en marche et chaque chef de gare, chaque contrôleur se trouve sur le pont, enfin le quai, afin de lui faire passer un voyage des plus féeriques. C'en est au point que si Indiana vivait dans une comédie musicale, elle pourrait chanter tout le long du trajet accompagnée par des hommes d'âge mûr en uniforme secouant les mains comme des papillons pour l'acclamer et de passagers tout sourires secouant l'arrière-train. Évidemment, les gens se contentent de faire la tête et les contrôleurs de contrôler. On n'est pas à Bollywood, mais en France. Indiana lit donc juste un magazine people glissé dans son sac par sa belle-mère puis dort jusque Paris-CDG. À l'heure idoine, elle fait son check-in pour Moscou à l'aéroport. Comme Ferdinand n'a aucun crédit chez Air France, Angelica a été chargée d'allumer tous les cierges de l'église, mission dont elle s'acquitte avec d'autant plus d'empressement que d'habitude, son mari est un fervent athée. Cependant lorsque la situation l'exige, Ferdinand s'en remet au Bon Dieu : il se dit que ça ne coûte pas grand-chose et que ça peut rapporter gros. Une sorte de Loto. Sauf qu'il ignore qu'Angelica suit vraiment ses consignes à la lettre et vient de déposer dans les troncs de la jolie église Saint-Martin l'équivalent d'un demi-SMIC. Le curé ne pourra que se féliciter en les relevant d'avoir rempli les présentoirs à bougies l'avant-veille.

Indiana obtient le siège 43A près du hublot. Son voisin de siège lui place aimablement son bagage à main dans le compartiment au-dessus d'elle et ils s'installent. Confortablement pour lui, géant blond de plus de deux mètres et à la carrure ad hoc, un peu moins pour elle : il déborde de partout. Même si elle est petite, Indiana doit se recroqueviller tout contre la fenêtre pour ne pas se faire écraser par le colosse. Fort gentil au demeurant et tout à fait conscient de l'espace qu'il prend, le Goliath russe essaie très comiquement de se faire tout petit et rentre désespérément les épaules, mais il ne peut rien faire pour contrer la largeur de ses cuisses, semblables à deux énormes bûches pour cheminée chambourdine. Il lui dit s'appeler Féodor. Elle lui demande s'il est militaire parce qu'il porte un treillis complet, casquette en moins, et ils finissent par parler durant une bonne heure de la France et de l'Espagne, que Féodor vient de visiter. Puis le malabar s'endort sur son infortuné voisin côté couloir – fort heureusement pour Indiana –, un Français qui, au vu du format de Féodor, n'ose piper mot. Il ne se réveille qu'à leur arrivée à Moscou, après les avoir bercés de ses ronflements ridiculement aigus. Il étend les bras en écrasant malencontreusement le nez du petit Français qui n'en demande pas tant. Ce dernier reste stoïquement silencieux, on l'a dit, le rapport taille-masse russe-français étant définitivement en sa défaveur. Il est près de 4 heures du matin.

L'aéroport de Moscou-Cheremetievo est à l'image de la Russie, immense, vétuste et charmant. Indiana a une longue attente devant elle. Son vol ne décolle que tard dans la nuit. Elle passe l'immigration sans encombre, son russe étant apprécié par l'employée des douanes.

« C'est si rare d'entendre un étranger parler si bien notre langue », la complimente-t-elle.

Indiana monte dans l'Aeroexpress puis change pour le métro qui l'amène non loin de la Place Rouge. Deux heures après son arrivée à l'aéroport, elle y est.

Le soleil se lève avec douceur sur Saint-Basile. Indiana en est rose d'émotion. *La plus belle place du monde !* se dit-elle. Elle en a tant rêvé. Au loin se dresse le Kremlin, où le président Kovar est sûrement déjà occupé à des choses hyper importantes.

Indiana se promène dans les alentours. Elle s'assied sur les marches de la tombe du Soldat inconnu, devant les jardins d'Alexandre, et écoute un vieil homme chanter de belles chansons nostalgiques comme seuls en connaissent les Russes et attend l'heure d'ouverture des monuments. Le vieil homme lui offre une pomme, puis un medovik, sorte de millefeuille au miel, le tout accompagné d'un café. Ils discutent de tout et de rien, dans un russe teinté d'accent périgourdin que le vieillard juge parfaitement charmant. Lorsque l'horloge de la Tour Spasskaia sonne dix heures, Indiana remercie son hôte pour ses bontés et s'en va vers le Kremlin. Le cœur battant, elle prend quelques photos avec son smartphone avant de se lancer à l'assaut de la cathédrale Saint-Basile où, comme tous les touristes, elle admire les magnifiques peintures et grimpe sur les toits pour voir la ville d'un peu plus haut. Après la visite, elle file au mausolée de Lénine, frissonne devant l'homme de cire, puis son ventre crie à nouveau famine et elle se lance à la découverte des galeries Goum qui se situent juste en face du Kremlin. C'est un endroit fabuleux. L'architecture classique du bâtiment est un régal de marbres riches et d'ornements gracieux dans les allées. La verrière qui surplombe le bâtiment éclaire à merveille les deux galeries qui se font face. Autour d'elle, de magnifiques créatures perchées sur des talons vertigineux enchaînent déjà des achats visiblement coûteux. Indiana monte jusqu'au troisième étage et flâne devant les magasins de luxe. Elle se rêve fille d'un oligarque russe dépensant des milliers d'euros sans sourciller en chaussures improbables et en montres aux diamants aussi gros que des raisins. Elle reste bouche bée devant la vitrine d'un restaurant où un immense aquarium contient des esturgeons vivants qui se frottent lascivement le long des vitres. Elle a visité les galeries du Printemps et Lafayette à Paris, et elle doit à la vérité que ces hauts lieux du luxe ne sont rien à côté de l'insolente opulence du Goum.

Elle s'offre un beau repas. Elle craque pour quelques grammes de caviar russe. Ce sont ses premiers grains. Ça fond dans la bouche, ça pétille de sel, ça frissonne d'iode. Elle adore ce nouveau goût. Elle pense avec un peu de culpabilité à sa carte de crédit qui va souffrir en fin de mois, mais au diable l'avarice, on ne vit qu'une seule fois ! Et puis, si on ne mange pas de caviar au Goum, on n'en mange jamais. Une fois rassasiée, surtout par les blinis et la crème aigre pour être exact, elle sort et fait face au Kremlin. C'est sa dernière étape avant de retourner à l'aéroport. Le Kremlin. Elle traverse la Place rouge.

C'est bien solennellement que la jeune périgourdine franchit l'humble porte d'entrée du Saint des Saints. Elle fait d'abord le tour de toutes les zones extérieures accessibles puis se dirige vers le musée de l'Armurerie. Les trésors des tsars et des tsarines. Elle passe de salle en salle, admirant les carrosses dorés et les armures richement décorées. Il n'y a pas encore grand monde en ce samedi après-midi. En pénétrant dans une salle, elle remarque un homme dont le buste est entièrement enfoncé dans une vitrine. Il met la main sur une arbalète damassée d'argent et… Mais, il est en train de la voler ! Il faut qu'elle intervienne ! Un voleur, ici, au Kremlin ! Elle va l'interpeller lorsqu'une grosse main s'abat sur elle et la fait tourner comme une toupie.

— Indiana !

— Mais, qu'est-ce que… ?

— Indiana ! Quelle surprise ! Tu étais avec moi dans l'avion ! C'est Féodor !

Elle ne voit d'abord qu'un torse vêtu d'un treillis kaki si immense qu'il en bouche toute la vue. Féodor ! Il est devant elle. Son compagnon de vol.

— Féodor, je n'ai pas le temps, il y a un voleur. Au voleur !

Féodor regarde tout autour de lui. Il ne voit rien. Indiana le tire par la manche et l'attire devant la vitrine restée entrouverte. L'arbalète ainsi que le voleur ont disparu !

— Il ne faut pas rester ici, dit Féodor, on risque de nous accuser !

Et il l'emmène plus loin manu militari, sans qu'Indiana ait le temps d'opposer une quelconque résistance.

Ils parcourent d'un pas vif une dizaine de salles avant qu'Indiana ne le fasse s'arrêter juste avant la sortie.

— Il faut avertir la police ! C'est un vol, on ne peut pas laisser faire !

— Mauvaise idée, jolie Française, mauvaise idée. On devrait plutôt sortir d'ici avant que quelqu'un ne donne l'alarme. Je ne veux pas rater mon avion qui part (Féodor regarde sa montre) dans moins de quatre heures. Si tu vas à la police, tu vas y rester coincée pendant des lustres. En plus, tu risques d'être soupçonnée. Pas bon, pour une touriste d'être soupçonnée par la police, ajoute-t-il d'une mine sombre.

Indiana ne veut rien entendre. Elle hèle un gardien et lui crie qu'un vol a été commis. Celui-ci, apeuré par le crime et sans doute craignant de s'en voir accusé, disparaît dans les toilettes des hommes. La jeune fille l'y suit et tambourine furieusement à la porte de la cabine où le peu courageux gardien s'est réfugié.

— Il y a eu un vol ! Sortez de là !

— Hors de question, je ne veux pas perdre ma place ! Je n'ai rien vu, rien entendu ! Vous êtes folle, sortez d'ici.

— Mais ma parole, il faut bloquer toutes les issues ! C'est une arbalète qui a disparu ! Peut-être qu'on veut assassiner quelqu'un ! Kovar ! ajoute inconsciemment Indiana. Vous vous rendez compte de l'urgence ?

— Kovar ? Qui va assassiner Kovar ? Vous savez quelque chose ?

Le nom de Kovar a redonné du courage au pleutre. D'abord paniqué à l'idée qu'un vol ait pu être commis alors qu'il est de garde dans le musée, il retrouve tout son courage à l'idée d'être le sauveur de son rude président. S'il sauve Kovar, il sera riche ! Il pourra quitter son appartement de fonction en banlieue de Moscou et retourner à Nijni Novgorod, dans la petite maison de famille où il a grandi au bord de la Volga. Il se voit la racheter aux immondes promoteurs qui les ont chassés de chez eux pour en faire une station essence alors qu'il avait dix ans. Il rasera la station-service et construira une maison qui fera honneur à son acte de bravoure, se fera nommer gouverneur du district de la Volga par son désormais obligé Kovar, qu'il n'appellera plus jamais « Président », mais « Cher ami » ou « Vlad ». Non, pas Vlad, tout de même. Il y a des limites, même pour un héros.

Derrière la porte des toilettes, le peureux gardien se voit paré de tous les ors de la République russe, porté aux paradis des héros tolstoïens. Et puis sa femme, sa si belle Nadeja, elle qui le houspille sans trêve du soir au matin (ce qui est inexact, puisque Alexey – c'est le nom du gardien caché dans les toilettes – part tous les matins à l'aube pour ne rentrer chez lui que fin saoul vers onze heures du soir, ce qui doit expliquer sa perception toute personnelle de la beauté de son épouse), Nadeja donc, elle mérite le meilleur ! Ce sera caviar et vodka tous les soirs, et du champagne aussi tiens, des cabinets de toilette en or, tous les murs drapés de velours violet et…

— Vous m'entendez ? Qu'est-ce que vous fichez là-dedans ? Le voleur…

— Le voleur ? Niet ! Le terroriste !

Prudemment malgré son exaltation naissante, le gardien Alexey entrouvre la porte des toilettes. Il fixe Indiana et Féodor d'un œil suspicieux. Un seul œil, oui, car il n'ose sortir entièrement la tête des toilettes. Prudence, prudence, mère de toutes les vertus des gardiens de musée…

— Vous êtes qui, vous ?

— Je suis Indiana, et voici F…

— Andrei, tonne Féodor. Andrei Sakharov.

Indiana roule des yeux. Andrei Sakharov ? Il rigole là ? Mais l'autre ne réagit pas. Alexey le gardien ne bouge pas d'un pouce.

— Là bas, s'énerve Indiana, on peut encore le rattraper, mais on perd du temps !

— D'abord, je vais vous interroger. Ne bougez pas. Noms, prénoms, professions. But de votre visite au musée de l'Armurerie ? Espionnage ? Repérage terroriste ?

— Mais vous êtes fou ? Je vous dis qu'un homme a volé une arbalète !

— Une arbalète ? Il n'y a pas d'arbalète au musée de l'Armurerie. Vous essayez de me piéger. Vous me séquestrez dans les toilettes en attendant que votre complice trouve le passage secret qui mène au Kremlin ! Vous allez me torturer, mais je ne dirai rien. Niet ! Et pendant ce temps-là, on va assassiner le président !

Féodor se frappe la tête de la main, ce qui rend un son étrangement sourd.

— Non, ne me frappez pas, je dirai tout ! Vous êtes des monstres, torturer un homme de cette façon ! Je souffre, oui, je souffre atrocement ! Quel genre d'être humain êtes-vous ? Le passage secret se trouve dans la dix-huitième salle, juste à gauche d'une vitrine. Il suffit de pousser sur le mur, le mécanisme est vieux et ne ferme plus. Je ne sais rien de plus ! Aleeerte ! Terroristes !

Le gardien a sorti son talkie-walkie de sa poche et appelle à l'aide. Il s'égosille comme un cochon qu'on égorge, parlant de terroristes, d'assassinat de Kovar et d'attentat aux bonnes mœurs ! Aux bonnes mœurs ? Féodor sort des toilettes en haussant les épaules, mais revient tout aussitôt, alarmé.

— Indiana ! Les cris ont attiré les autres gardiens ! La porte de sortie est bloquée. On ne va jamais pouvoir sortir d'ici !

— Mais si, il y a bien quelqu'un de raisonnable dans ce musée. On va juste s'expliquer !

— On n'a plus le temps, il faut s'enfuir. Si ce Alexey parle, on va nous prendre pour des terroristes, et on finira en prison. Je refuse d'aller en prison. Viens !

Indiana a un peu de mal à accepter ces arguments, mais le visage anxieux de ce géant lui fait rendre les armes. Tout de même, ne pas dénoncer un crime, ce n'est pas son genre. Féodor ne lui laisse pas le temps de lutter contre sa conscience, il lui passe le bras autour de la taille et ils sortent des toilettes hommes. Un des gardiens les aperçoit et ils se mettent à courir. La salle 18, c'est leur seule option ! Impossible pour Indiana de résister à cent quarante kilos de muscles, ils courent donc.

Salle 15, puis 16, la 17 et enfin la 18 ! La salle 18 ! En espérant qu'Alexey le gardien fou leur a dit la vérité. Ils tâtent tous les murs, et comme à chaque fois dans ces cas-là, en situation d'urgence, la solution vient du dernier essai. Il y a du jeu dans la cloison. Féodor assène un grand coup d'épaule et une portion de mur pivote. Ils passent de l'autre côté et repoussent tant bien que mal le mur dans sa position initiale.

Lorsque les gardiens arrivent dans la salle 18, ils retiennent leur respiration. Heureusement, aucun des employés du musée ne s'arrête.

Indiana et Féodor sont dans un couloir sombre, légèrement éclairé par des néons en fin de vie couverts de poussière. Ils n'ont pas le choix. Ils doivent avancer.

CHAPITRE 5 :
Où on se met dans les ennuis.

L e couloir s'étire sans fin. Après une distance que les deux compères estiment à une centaine de mètres, il y a une première bifurcation. Sans aucun autre repère que leur instinct, ils prennent à droite.

Au bout de quelques minutes, le couloir s'arrête net. Une paroi leur barre la route. Féodor veut rebrousser chemin, mais Indiana cherche une façon d'ouvrir ce qui ne peut être qu'une porte. En effet, si le couloir est en pierre, le mur qui le barre est fait de bois. Féodor pousse, en vain. Soudain, un téléphone sonne derrière la cloison.

— Oui.

— Oui.

— Hmm.

— Oui.

— NON ! crie la voix masculine. J'arrive immédiatement.

Ils sursautent dans le couloir. Le téléphone est raccroché avec violence, des pas retentissent derrière la cloison et une porte claque. Puis le silence revient.

— Je crois qu'on devrait rebrousser chemin, chuchote Féodor.

— Moi aussi, répond Indiana en s'appuyant contre le côté droit du couloir, déclenchant ainsi, et bien involontairement, le mécanisme d'ouverture de la porte.

Celle-ci s'ouvre sur une grande pièce lambrissée de bois précieux. Face à la porte trône un immense bureau de bois garni de quatre téléphones blancs, d'un ordinateur et d'un nécessaire en bakélite verte. Plus loin, une longue table de réunion file vers la porte. Féodor devient tout blanc.

— On doit faire demi-tour ! Tout de suite !

Indiana, une fois n'est pas coutume, est bien d'accord, mais des voix arrivent depuis le couloir derrière eux. Impossible de reculer, les gardiens du musée sont à leurs trousses ! Ils poussent la porte qui refuse de se fermer complètement. Paniqués, ils découvrent un bouton derrière un grand drapeau russe qui heureusement scelle l'ouverture vers le couloir menant au musée.

— Où sommes-nous ?, dit Indiana qui croit bien connaître la réponse.

— Dans le bureau de Kovar. Je l'ai vu à la télé. On est au cœur du Kremlin ! Je n'aurai jamais mon avion ! gémit Féodor en se prenant la tête dans les mains.

— Il faut sortir d'ici !

Toute retraite est bloquée. Ils doivent avancer avant que l'homme d'État ne réapparaisse et ne les surprenne dans son bureau, sur lequel trône l'arbalète « volée » au musée. Indiana est terrorisée. Elle s'est lancée sans réfléchir à la poursuite du président russe !

Indiana passe la tête par la porte du fond. Celle-ci donne sur un autre bureau où un secrétaire particulier à l'air idiot fait semblant de travailler tout en jouant avec son téléphone. *Crotte de zibeline*, pense la jeune femme.

Ils ne peuvent pas sortir par là. Ou alors, il leur faut un plan. Indiana réfléchit.

Elle retourne vers le bureau de Kovar et avise les quatre téléphones. Mais qui donc a autant de téléphones ? L'absurdité de sa question est évidente. Elle est dans un bureau présidentiel tout de même. Elle choisit l'appareil le plus proche de la chaise du président, décroche le combiné et appuie au hasard sur une touche, espérant joindre quelqu'un d'utile…

Le premier essai ne donne rien. Ça sonne dans le vide. Le second non plus. Le troisième fait sonner… le téléphone dans le bureau d'à côté ! Elle l'entend parfaitement.

— Président ?

— Non, c'est… C'est…

Indiana hésite.

— Allô ? Qui êtes-vous ?

— Allô, dit la jeune femme en reprenant son calme. C'est Tatiana Kamchetko.

— Tatiana Kamchetko ? C'est qui ça ? Que faites-vous dans le bureau du président ? Je ne vous ai pas vue entrer !

— Évidemment que vous ne m'avez pas vue entrer ! Voyons, je suis Tatiana Kamchetko, la meilleure de ses espionnes ! Je suis en entretien secret avec le président. Vous devez venir tout de suite, il a besoin de vous immédiatement.

— Mais il vient de sortir !

— Idiot ! Vous n'avez pas reconnu son double ! Quel genre de secrétaire êtes-vous donc ? Venez immédiatement !

Heureusement pour Indiana et Féodor, le secrétaire personnel habituel du président russe souffre d'une vilaine infection des voies respiratoires due à un jouet ramené d'un voyage en France pour son fils. Il s'agit d'une sorte de « Slime », cette pâte gluante et visqueuse à la mode dans les années 80 et remise au goût du jour. Celle-ci est à fabriquer soi-même et le petit Yvan a transformé la salle de bain de la maisonnée en chambre à gaz en vidant tous les produits en même temps dans la baignoire qu'il a, pour faire bonne mesure, remplie de bain moussant à la rose. Toute la famille a dû être envoyée au grand air pour se soigner les poumons. Le secrétaire remplaçant du jour est le fils d'un des généraux les plus en vue de Moscou, mais contrairement son illustre père, c'est un crétin fini.

— J'arrive, Tatiana Kamchetko.

Et il quitte son poste. Féodor, tapi derrière la porte, l'assomme proprement dès qu'il passe la porte. Ils ne doivent pas traîner. L'absence d'un secrétaire présidentiel sera vite remarquée. Par pure présence d'esprit, ils installent le corps du malheureux à son bureau. Avec un peu de chance, si quelqu'un l'aperçoit, il paraîtra s'être endormi au travail… Le malheureux risque d'en prendre pour son grade, mais au moins, ils gagneront du temps !

Indiana avise une pochette en carton sur le bureau du secrétaire. Elle s'en saisit et a la présence d'esprit de le vider pour qu'en cas de capture, ils ne puissent pas être accusés d'espionnage. Heureusement, Féodor, comme beaucoup de Russes, porte un treillis et ses inusables chaussures de milicien. Il peut se faire passer pour un soldat et elle, pour une secrétaire.

Peu habitués, et pour cause, à la configuration des lieux, ils prennent par hasard à droite en sortant du bureau du secrétaire. Le long couloir blanc garni de tableaux et d'un tapis de soie rouge s'étire à perte de vue. Ils arrivent à une intersection et tournent à gauche, au jugé. Encore un long couloir toujours blanc et rouge, toujours des tableaux et, à intervalles réguliers, des consoles portant une quantité impressionnante de vieux téléphones blancs ! Indiana se demande à nouveau ce qu'ils peuvent bien faire avec tous ces appareils et s'ils les ont eus en gros à la foire des télécoms russes. Les portes blanches qu'ils évitent soigneusement d'ouvrir protègent des bureaux d'où parviennent des voix affairées. À un dernier tournant, ils font face à un miroir qui les épouvante un instant. Féodor est déjà en position de défense lorsqu'il se rend compte que c'est son propre reflet qui l'a effrayé. Cet épisode les fait rire une seconde et les détend un peu.

Au détour d'un troisième couloir, ils tombent sur un militaire qui… les salue ! Avec aplomb, Indiana hoche la tête d'un air qu'elle espère grave et Féodor salue en retour. Cela marche pour cette fois, mais il ne faut tout de même pas forcer leur chance. Ils aboutissent dans une grande pièce ronde desservie par un double escalier. Tout en bas des marches, ils passent à travers une large pièce ornée de fontaines blanches et barrée de trois portes de bois sombre. La lucarne supérieure vitrée leur indique l'air libre. Ils foncent vers la lumière, mais Féodor retient la jeune femme au dernier moment. Sortir par ce qui semble de toute évidence être la porte principale n'est pas une bonne idée. Derrière celle-ci, la cour doit être pleine de monde, dont nombre de sentinelles et le contrôle de sécurité. Indiana loue la présence d'esprit de son compagnon. Ils prennent vers la gauche et pénètrent dans un couloir moins richement orné. Sans doute un passage de service. C'est plus sûr !

Ils en sont presque sortis lorsqu'une voix tonne dans leur dos.

— Qu'est-ce que vous faites là ? Vous êtes nouveaux ou quoi ? Pourquoi vous allez vers les cuisines ?

Indiana et Féodor se pétrifient. Une main se pose sur l'épaule du jeune homme.

— Et toi, soldat, tu as oublié ton béret ? Le ministre ne va pas aimer ça. Allez, dépêchez-vous, il va vous attendre.

Ils n'ont pas le choix, ils doivent suivre l'homme qui les a interpellés. Pas moyen de l'assommer, car il y a subitement beaucoup de monde autour d'eux.

L'homme leur remet deux badges et attrape le béret d'un malheureux milicien qui passe par là pour le ficher sur la tête de Féodor.

— On vous attendait au bâtiment 15, et vous vous retrouvez dans le 14 ! Vous savez qu'il est habituellement interdit ? C'est Sergeï qui vous a envoyés ici, je parie. Celui-là, si je l'attrape ! Vous auriez pu avoir de sacrés ennuis ! Vous avez raté le président de peu. Il ne plaisante pas avec la sécurité, on vous aurait envoyé au goulag il y a encore vingt ans pour moins que ça !

Et il part d'un énorme éclat de rire. Indiana et Féodor ne trouvent pas ça drôle du tout.

— En plus, il y a eu un incident au musée de l'Armurerie. Un vol, ou un attentat terroriste, on ne sait pas bien. On vient d'être avertis. Dans une minute, le Kremlin grouillera d'agents de la sécurité intérieure. Pas des rigolos ceux-là, hein ! La FSB m'a toujours fichu froid dans le dos à moi.

Indiana n'a pas le temps d'angoisser davantage que déjà, l'homme qui les a alpagués au Kremlin les pousse dans une voiture.

— À l'aéroport ! Vite !

Et il claque la porte avant de disparaître.

Ils sont seuls dans la voiture avec le chauffeur. Malgré leur envie de se parler, ils doivent rester discrets. Heureusement, le conducteur de la limousine remonte la vitre de séparation juste après le passage du portique de sécurité du Kremlin, où un garde inspecte le véhicule et leur demande leurs badges pour les scanners, dont le voyant lumineux passe au vert immédiatement. Indiana a eu tellement peur qu'elle a failli faire pipi.

— On va où d'après toi ?

— J'espère que c'est Cheremetievo, ma valise est là-bas !

— Moi aussi, mais si c'est un aéroport militaire, on est mal…

— Faut croiser les doigts… Tu connais bien Moscou ?

— Ben non, je suis de Iakoutsk. Je suis venu une fois, à la fin de mon service militaire, mais ça date !

— Iakoutsk ! C'est là que je vais !

— Ça alors ! Moi j'y retourne. Bon, qu'est ce qu'on fait maintenant ?

— Je crois qu'il n'y a plus qu'à espérer. Si on voit que ça tourne mal, ou qu'on est dans la mauvaise direction, je dirai que je dois faire pipi. D'ailleurs, avec toutes ces émotions, je ne serais pas contre un petit arrêt technique. Le chauffeur s'arrêtera sûrement et on filera à l'anglaise.

— Bonne idée.

Et ils se carrent dans les sièges moelleux de la limousine gouvernementale en croisant les doigts. Fort heureusement, la voiture va bien à aéroport de Cheremietevo.

Le chauffeur, voiture de fonction oblige, s'arrête sur un passage piéton juste devant l'entrée principale. Le privilège d'emmerder le peuple existe partout. Il leur dit de rejoindre les services de sécurité porte 8 et leur souhaite bon voyage.

Féodor et Indiana n'en reviennent pas. Ils sont arrivés à bon port en temps et en heure. Ils ne savent pas du tout qui ils sont censés retrouver ici et ne comptent pas s'attarder pour l'apprendre. Le mieux, c'est de récupérer leurs affaires à la consigne et de disparaître. Mais avant tout, Indiana court aux toilettes, car même si les héros ne font jamais pipi, la jeune fille a un corps qui a ses propres exigences, surtout après de si grandes émotions.

Au comptoir d'enregistrement, ils demandent des places contiguës. Leur avion part de la porte 16. Ils ont juste le temps de passer le contrôle de sécurité et de prendre un léger repas avant de monter dans l'avion. Toutes ces émotions ont leur ont donné faim. Le caviar d'Indiana est loin, quant à Féodor, il a toujours un petit creux. Ils s'installent au « Katie O'Connor's Bar » où Féodor prend une bière irlandaise et Indiana aussi. Elle n'est pas coutumière de cette boisson, mais elle n'est pas périgourdine pour rien. Une tourte tout aussi gaélique que l'établissement complète leur dîner.

L'heure avance. Leurs estomacs rassasiés, les deux amis se dirigent vers la porte d'embarquement. Ils sont presque arrivés lorsqu'ils se font interpeller par deux agents de sécurité.

— Mais qu'est-ce que vous foutez ? Ce n'est pas du tout ici que vous devez être. Le ministre vous attend porte 8. Il est furieux, je ne voudrais pas être à vos places.

— Mais, quoi ?

— Vous n'êtes pas Tatiana Taromcha et Viktor Nogoff ?

— Hein ?

Féodor et Indiana se regardent et réalisent enfin qu'ils portent encore les badges qu'ils ont reçus au Kremlin. Malheur ! Après leurs mésaventures de l'après-midi, ils ont complètement oublié de les enlever.

— Allez, venez, le ministre vous attend depuis une heure. Mais qu'est-ce que vous fichiez ?

La mort dans l'âme, Indiana et Féodor s'éloignent de la porte 16 et se rapprochent d'un destin qui leur apparaît comme étant tout proche d'être funeste.

Le ministre les attend effectivement près de la porte 8. Il s'est installé dans une petite pièce où les agents les font rentrer. Il fume cigarette sur cigarette depuis plus d'une heure, comme en témoigne le cendrier rempli qu'il tripote devant lui.

— Vous l'avez ? demande-t-il d'un air fiévreux lorsqu'ils sont seuls.

— Nous avons quoi ? dit Féodor.

— Le brumatiseur ! Malheur, quel malheur, vous ne l'avez pas bien sûr. Je dois absolument l'avoir ! Anatoli X. ne vous a rien donné ? Vous êtes sûrs ?

— Non, désolé. Anatoli X. ne nous a rien donné, répond Indiana, peu inspirée.

Le ministre s'écroule sur sa chaise.

— Nous pouvons peut-être vous aider ? dit Indiana.

— Si Anatoli n'a rien pu faire, comment pourriez-vous ?

— Parce que nous sommes ses meilleurs agents ? tente Indiana, sous les yeux horrifiés de Féodor.

L'homme les regarde longuement. Il semble peser le pour et le contre et, pour son malheur, la bonne mine des deux faux agents lui fait prendre la mauvaise décision. C'est surtout la jolie frimousse d'Indiana qui a, à dire vrai, pesé dans la balance, car le ministre a toujours eu un faible pour les petites bonnes femmes rondelettes. Il adore les fessiers charnus et rebondis sur un corps athlétique et… Le ministre interrompt sa rêverie : il sera temps plus tard d'explorer toutes les rondeurs de Tatiana Taromchka. Il saisit une feuille de papier sur laquelle il griffonne quelques mots, puis l'enfonce dans une enveloppe jaune.

— C'est bon. Il est très fâcheux que notre ami Anatoli n'ait pas pu vous transmettre le brumatiseur, mais on fera sans pour le moment. Vous allez tout de même effectuer la mission prévue. Tatiana, Viktor, prenez cette enveloppe. Elle contient tous les détails de la mission. C'est top-secret. Vous ne m'avez jamais vu. Je ne vous ai jamais vus. Si vous parlez, je nierai tout en bloc. Remettez-là à qui vous savez. Ne lisez pas le courrier, juste la première page. Puis, oubliez tout. Bonne chance.

Et il sort en gémissant à propos du brumatiseur toujours dans la nature.

— C'était qui ? demande Indiana qui, même grande russophile, n'avait pas pu reconnaître l'homme politique.

— Alexandrei Noukarov, le nouveau ministre de l'Agriculture.

— Et dans l'enveloppe, il y a quoi d'après toi ?

— Il y aura des billets à racheter si on ne se dépêche pas ! On risque de louper l'avion. Tu n'aurais jamais dû prendre cette enveloppe, il faut s'en débarrasser. Quelle histoire !

— On y va, on y va.

Prudemment cette fois, et pour éviter toute nouvelle mésaventure, ils enlèvent leurs badges et les glissent au fond de leurs poches une fois sortis de la pièce. Il est inutile de risquer un retard supplémentaire, alors il est temps de courir. Indiana enfouit machinalement l'enveloppe dans son sac.

La porte est sur le point de fermer lorsqu'ils arrivent. Ils se précipitent dans l'appareil et prennent place dans leurs sièges. Épuisés par cette journée rocambolesque, ils s'endorment presque immédiatement, oubliant pour quelques heures la lettre et le ministre.

Coincée entre la fenêtre et la carrure de Féodor, Indiana passe une bonne nuit. Le vol Aeroflot 1750 arrive à onze heures dix. Elle a dormi presque cinq heures pleines et se trouve parfaitement reposée grâce à sa jeunesse, alliée à son excellente forme physique (n'en déplaise à Samantha Fix, la blonde filiforme de son club de sport Minceness à Périgueux). Féodor ronfle encore, mais montre des signes de réveil imminent. Ses raclements de gorge ont diminué en intensité et il s'agite de plus en plus. L'avion se posera dans une petite heure. L'hôtesse passe avec le plateau du petit-déjeuner, ce qui achève de réveiller son ami. Il s'étend longuement, les bras bien en l'air après une remarque désobligeante de la femme à sa gauche qui vient de se manger l'avant-bras du colosse sur le nez. Même si une fois de plus le rapport taille-poids de Féodor et de sa voisine est en faveur du nouvel ami d'Indiana, celle-ci ne se gêne pas pour admonester sévèrement le géant qui se fait aussi petit qu'il peut. Il avale le plateau-repas et reluque les restes de celui d'Indiana.

— Je peux ?

— Tu peux.

Féodor n'en fait qu'une bouchée. Presque rassasié, il lui demande :

— Tu crois qu'on devrait regarder dans l'enveloppe ?

— Je ne sais pas… Tu crois ?

— Je pense qu'on ne devrait pas, mais au point où nous en sommes…

Féodor profite du fait que sa voisine parte se rafraîchir aux toilettes pour se saisir du sac d'Indiana dans le coffre à bagages. Ils restent un moment assis devant la grande enveloppe brune scellée par un cachet de cire rouge. Puis, d'un geste décidé, Féodor l'ouvre d'un coup.

L'enveloppe contient un rapport entièrement tapé en cyrillique, qu'Indiana maîtrise heureusement assez bien, ainsi qu'une lettre manuscrite. Les deux amis, tête contre tête, lisent d'abord la lettre :

« Cher ami Je sais Qui et Vous le savez aussi (et pour cause),

Les relations entre nos deux pays ne sont pas au beau fixe, comme vous le savez. J'use de toute mon influence, afin que cela change. Ce n'est pas facile, surtout depuis que lors de votre dernière entrevue avec "Lui", vous l'avez traité de sous-fifre à la botte du "Ricain" orange. Il n'a pas apprécié, on peut le comprendre, mais cela ne me facilite pas ma tâche... Si nous ne pouvons pas renverser la vapeur, il faudra penser à le renverser "Lui", comme vous l'aviez déjà suggéré. J'ai un plan. Diabolique, alors il me faudra de l'aide. Je pense que nous pouvons y arriver, grâce à votre armée et à ma ruse... Et à un secret que vos agents m'ont révélé.

Dans mon précédent courrier, je faisais état de la situation critique dans laquelle ils se trouvent. Ils ont été retrouvés tous deux à Moscou dans une boîte de conserve de crabe, allez savoir pourquoi. Ils sont en sécurité dans nos locaux et vous seront renvoyés par valise diplomatique. Ils sont dans un état provoqué par Vous savez Qui et que nous devons retrouver afin de lui prendre son secret. Un brumatiseur, ou vaporisateur de fumée d'après nos renseignements, qui sont incomplets. Anatoli X. doit me remettre l'objet au moment où vous recevrez cette lettre. C'est notre secret, et notre arme contre "Lui". »

Indiana marque une pause. Quel charabia ! Néanmoins, la mention de la boîte de conserve de crabe fait résonner quelque chose dans son esprit. Ça va lui revenir. Elle poursuit la lecture :

« Bien entendu, nous les avons interrogés. Leur version des faits est très étrange. Ils parlent de fumée, d'une géante, puis d'un immense sac, mais tout cela reste très obscur. Nous savons que vous faisiez surveiller Vous savez Qui pour d'autres raisons, mais qu'il vous a échappé. L'incident, appelons ça de cette façon, nous a révélé involontairement une autre facette de ses recherches ! Tous nos services sont à ses trousses, mais il semblerait qu'il ne soit plus sur notre territoire. Il a vraisemblablement quitté la Russie depuis deux semaines. Je devrais impliquer d'autres services pour vous aider, mais la situation actuelle ne le permet pas. Vous savez que le chef des services secrets ne vous porte pas dans son cœur depuis ce que vous avez fait à sa petite amie thaïlandaise. Sérieusement, ce n'était, excusez-moi, pas très malin de la noyer dans une fondue géante. d'Emmental en prime ! Un beau gâchis, au moins pour le fromage.

Les deux agents Tatiana Taromcha et Viktor Nogoff m'ont été chaudement recommandés par notre ami Anatoli X. Il m'assure qu'ils ont toute sa confiance. C'est par leur biais que ce courrier vous parviendra, veuillez les utiliser pour me répondre. Notre façon habituelle n'est plus assez sûre.

Nos illustres pères (surtout le vôtre en l'occurrence) seraient fiers de nous.

Cher ami Je sais Qui et Vous le savez aussi,

Je vous salue,

Pour l'avenir et la grandeur de nos deux pays,

Moi. »

Féodor n'y comprend rien, mais la lumière s'est faite dans le cerveau d'Indiana. Elle sait qui est « Je sais qui et Vous le savez aussi » : c'est le Gros Bouffi. « Moi » est sans nul doute le ministre de l'Agriculture, Alexandrei Noukarov, puisque c'est lui qui leur a remis le courrier. Quant à « Vous savez Qui », ce doit être... son ami Igor Effektnyy ! Le ministre est donc au courant pour l'explosion et la miniaturisation et compte s'emparer de ce secret pour fomenter un coup d'État, parce que « Lui » ne peut être que le président Kovar. C'est rude.

Ils passent ensuite au rapport qui est un charabia de retransmissions d'écoutes téléphoniques sans grand intérêt, sauf pour le sieur Ki-Min dont l'épouse, visiblement, s'envoie en l'air avec son frère. Par contre, il y a une page volante derrière le dossier. C'est l'ordre de mission de Tatiana Taromcha et de Viktor Nogoff. Au point où ils en sont dans l'indiscrétion et l'ingérence dans les affaires d'autrui, ils l'ouvrent.

« Ordre de mission :

Aux agents des services spéciaux Tatiana Taromcha et Viktor Nogoff.

Ordre de porter l'enveloppe et son contenu sans le lire à Vous savez Qui et Je sais Qui en Bourrée de l'Est. Sur présentation de vos badges, un laissez-passer vous sera accordé pour rentrer dans le pays. Présentez-vous à un officier supérieur de l'Emmental Army.

Sur le sol russe, tous les moyens de communication vous seront accordés sans discussion, grâce à votre ordre de mission. Concernant Vous savez Qui et Je sais Qui aussi, attendez sa réponse. Obéissez à ses ordres sans discussion. »

Puis ils lisent le deuxième feuillet contenu dans l'enveloppe :

« À toutes les autorités de la Fédération de Russie :

Ordre est de donner toute assistance aux porteurs de la présente, Tatiana Taromcha et Viktor Nogoff.

Sur commandement du ministère de l'Agriculture et de son représentant, Alexandrei Noukarov. »

Féodor se gratte la tête. Il n'y comprend rien.

— Vous savez Qui et Vous le savez aussi ?

— Je sais qui, dit Indiana.

— Tu sais qui ?

— Oui. Je sais qui est tout le monde.

Féodor la regarde, impressionné. Indiana se demande dans quelle mesure Féodor est quelqu'un de confiance. Il l'a bien aidée dans le musée et a été parfait au Kremlin. Courageux, pas bête, costaud. Les nerfs solides. Mais peut-elle l'impliquer dans sa quête ? Ne serait-ce pas trop dangereux, surtout pour lui ? Doit-elle tout lui dire ? Doit-elle d'ailleurs s'occuper en une quelconque façon de ce courrier ?

Elle a quitté Périgueux pour Iakoutsk avec comme but de retrouver une zibeline et elle se trouve, bien involontairement, embarquée dans ce qui semble être une affaire d'espionnage international, de complot et d'ingérence entre une superpuissance et une dictature ignoble.

Heureusement qu'elle a surpris le voleur au musée de l'Armurerie, même si en fait il n'y avait pas de voleur, mais un président. Sans ça, elle n'aurait jamais été au courant qu'elle devrait non seulement se méfier des espions de la Bourrée de l'Est, mais en plus se faufiler dans les arcanes d'un complot russe.

Féodor, de son côté, voit bien que la jeune femme a bien mieux compris la lettre sibylline que lui-même. Son âme d'ancien milicien russe se révolte d'un complot impliquant les plus hautes instances de l'administration de son pays. Ça, il l'a bien compris, même si tout n'est pas clair dans ce qu'il a lu. Lui aussi s'interroge.

Féodor rentre de ses premières vacances en Europe. Il était à Torremolinos, en Espagne, où il a passé du bon temps avec son cousin par alliance Zorba Zomnitov à draguer les minettes sur la plage. Il est ensuite resté quelques jours à Paris où il a visité la tour Eiffel, écouté une messe à Notre-Dame et cassé la gueule à deux ou trois supporters marseillais en compagnie des hooligans du PSG lors d'une bagarre après un match de foot. Non pas qu'il aime les hooligans ni le PSG, ou qu'il déteste les Marseillais. C'était un peu par hasard qu'il s'était trouvé du côté des uns plutôt que des autres : les Marseillais se battaient à quatre contre un, et Féodor avait rejoint le clan le plus faible. Il adorait se battre, non pour la violence, mais parce que ça l'amusait vraiment de se bousculer un peu. Un truc viril, un truc de mec quoi ! Il avait eu beaucoup de « fun », comme dirait son oncle qui avait émigré au Québec à la fin des années 90 et avec lequel il correspondait souvent.

Après la bagarre, il avait voulu payer un verre aux deux camps de supporters qui l'avaient envoyé balader, jurant de ne jamais partager une seule goutte de quoi que ce soit avec leurs ennemis. Cela avait étonné Féodor, qui trouvait qu'échanger des gnons était au contraire le ciment d'une vraie amitié. Le surlendemain, après avoir écumé le Quartier Latin, visité les Folies Bergères et autres Moulins Rouges, il avait quitté sans regret la capitale française où, contrairement à ce que sa mère lui avait prédit, aucune femme française n'avait ravi son cœur. Féodor avait trouvé les Parisiennes trop basanées à son goût. Les filles, il les aimait grandes, blondes, fines. Il n'avait rien contre les Africaines qu'il avait côtoyées parfois au lac Baïkal, mais il préférait les peaux laiteuses et les derrières plats. Indiana était donc bien loin de ses fantasmes féminins, même s'il la trouvait très mignonne avec ses jolis yeux pétillants ! Néanmoins, l'avoir rencontrée était une bonne chose : sans cela, il n'aurait rien su du complot. Car Féodor est un vrai patriote, conscient des problèmes de son pays, mais ardent défenseur de sa nation. Cependant, cette Indiana a l'air d'une vraie pompe à catastrophes. Il faudra d'ailleurs envoyer anonymement l'enveloppe à Moscou dès leur atterrissage.

Féodor est mécanicien, il travaille dans un garage automobile spécialisé dans la réparation des camions-chenilles. Il a économisé pendant trois ans pour partir en vacances en Europe et il a une ambition : obtenir une concession de sports nautiques sur le lac Kyukey, un peu au nord de Iakoutsk. Féodor rêve de filles en bikini et de cocktails au soleil couchant.

L'avion entame sa descente vers Iakoutsk. Une plantureuse hôtesse fatiguée demande d'une voix laconique aux passagers de relever leurs tablettes ; les derniers endormis sont réveillés. Il est onze heures quinze, soit un décalage horaire de six heures avec Moscou et sept heures avec Périgueux, qui dort encore.

CHAPITRE 6 :
Où l'on découvre un passager clandestin.

Féodor et Indiana attendent leurs bagages devant le tapis roulant. La jeune femme n'a plus dit un mot depuis la sortie de l'avion. Elle réfléchit.

De son côté, Féodor ne sait pas trop quoi faire. Il comprend bien que la jeune femme n'est pas venue à Iakoutsk pour les vacances. Elle est en mission, comme en témoigne sa visible compréhension de la lettre qu'ils ont lue dans l'avion. Elle parle un peu trop bien russe pour une Française. Est-elle une espionne du gouvernement français ? Féodor est un excellent mécanicien, mais n'a aucune expérience en espionnage. Tout cela le dépasse un peu. La valise de la jeune femme arrive devant eux et, en galant russe, Féodor la soulève. Il la tient encore lorsqu'il pose la question qui lui brûle les lèvres :

— Pourquoi tu es venue ici au fait ? Tu es… une espionne ?

Les yeux bleus du géant roulent dans leurs orbites.

— Non, je ne suis pas une espionne. Je suis employée en assurance à Périgueux. C'est une ville en Dordogne, tu sais, les truffes, le foie gras, tout ça, ajoute-t-elle en voyant la mine soucieuse de Féodor. Je suis venue ici pour aider mes amis, ils sont d'ici et ils ont dû quitter la Russie parce que…

Elle hésite encore. Peut-elle vraiment entraîner son ami sur cette pente si glissante ?

— Parce que tes amis ont besoin de toi

— Oui, ils ont besoin de moi.

— N'en dis pas plus. Les amis russes de mon amie française sont mes amis. Surtout s'ils sont sibériens. Je vais t'aider. Si rien de ce qu'on fera n'est illégal !

Indiana ne pense pas qu'ils en sont encore là. Pénétrer le Kremlin, même par inadvertance, assommer le secrétaire particulier de Kovar, se faire passer pour des agents des services secrets auprès d'un ministre d'État, lire un rapport qui ne leur est pas destiné, voilà qui leur a fait passer la ligne rouge depuis longtemps.

— Tu sais, au départ… Je devais juste récupérer Oustina et la ramener en France. Elle doit être quelque part près de la ferme de mes amis.

— Mais qu'est-ce qu'elle a fait, cette Oustina ? C'est elle l'espionne ?

— Non, dit Indiana en riant. Oustina est une zibeline.

— Une… zibeline ?

— Oui, tu sais, ce petit animal dont on fait les fourrures.

— Je sais très bien ce qu'est une zibeline, il y en a plein de sauvages dans la région. Mais tu as fait tout ce chemin pour une zibeline ?

— Je vais tout t'expliquer…

Mais la valise de Féodor arrive. Il la saisit et ils se dirigent vers la sortie.

Lana, la voisine des Effektnyy, fait de grands signes à Indiana, facilement reconnaissable avec sa veste de ski alors que tous les locaux portent un simple pull, voire un tee-shirt, comme Féodor. Et quoi, il fait tout de même douze degrés ! C'est une jolie Tchouktche tout en finesse. Ses traits asiatiques sont très fins et même à son âge, elle garde une bouche délicatement ourlée sur des yeux d'un noir d'ébène.

Lana ne laisse pas à Indiana le temps de réagir : elle la prend dans ses bras curieusement puissants pour une si petite femme. Indiana n'est pas grande, mais Lana ne dépasse pas le mètre cinquante, ce qui place son accolade au niveau de ses omoplates et sa tête juste entre les seins de la jeune fille.

— Indiana ! Je suis bien contente de te voir. J'avais tellement peur de te louper que j'ai dormi à l'aéroport !

— Vous avez dormi à l'aéroport ? Mais l'avion était prévu à onze heures quinze !

— Bon, d'accord, je n'ai pas vraiment dormi à l'aéroport. J'ai juste piqué un roupillon sur un siège. J'ai trop mangé hier soir et malgré la demi-bouteille de vodka partagée avec l'ostrogoth de cafetier de l'aéroport ce matin, je ne suis pas encore dans mon assiette. Mais c'est Féodor ! Tu as fait la connaissance du plus petit des Broutchev ! Ça va, le nain ?

Indiana n'en revient pas. Comment peut-on traiter de nain un géant de près de deux mètres, surtout lorsqu'on est soi-même si petite ?

— Féodor est le plus jeune et le plus fluet de la famille Broutchev. Tu verrais sa sœur Valentina ! Une montagne de muscles de plus de deux mètres dix. J'ai jamais vu quelqu'un de si grand. Elle a été sélectionnée pour les Jeux olympiques, elle fait du lancer de poids. Elle avait essayé le javelot, mais elle a percé le derrière de son entraîneur alors qu'elle était en sixième. Une douloureuse histoire, surtout pour elle, puisqu'il n'a plus jamais voulu la voir dans l'équipe. Pour lui aussi note bien, faut dire qu'il n'a plus pu s'asseoir pendant trois mois… Ce n'était pas de la faute de Valentina, elle était myope, mais on ne s'en était pas encore rendu compte à l'époque. Elle a confondu l'entraîneur avec la cible : quelle idée d'ailleurs de porter un pantalon rouge quand on entraîne des javelotistes ! Heureusement, notre petit Féodor, il tient la vodka comme sa mère ! Faut bien qu'il soit champion de quelque chose…, ajoute fièrement Lana en tapotant l'avant-bras du « petit » tout rougissant.

— Madame Lana ! Comment allez-vous ?

— Bien mon petit, bien.

— Je révise la motoneige de madame Lana tous les ans, explique Féodor.

— Tu révises les motoneiges de tout le monde... Féodor est le seul mécanicien honnête de la ville. Dis donc, ajoute la loquace petite bonne femme, et si tu venais dîner un des ces soirs ? Tu me raconteras l'Espagne et la sangria, fieffé coquin. Allez, on dit demain, le temps qu'Indiana se repose un peu de ce long voyage et que je prépare des pirojkis. Ce sont des chaussons à la viande et aux champignons. J'y ajoute un peu de riz et une épice secrète. Tu m'en diras des nouvelles, ils sont fameux dans toute la province.

— Heu, et bien, c'est d'accord. Je viendrai.

— Et n'oublie pas la vodka, le nain. Sans vodka, je n'ouvre pas la porte. Réserve spéciale des Broutchev, pas la cochonnerie que tu sers habituellement, je ne tiens pas finir aveugle.

Féodor salue Lana puis, après une hésitation serre Indiana dans ses bras et s'en va. Cette frénésie de paroles après le long voyage l'a étourdi et lui a fait perdre de vue le problème de l'enveloppe.

Lana passe une main sous le bras de sa nouvelle amie, s'empare de la valise et les deux femmes sortent sur le parking. La voiture de Lana est une antédiluvienne Golf.

— T'as vu, dit fièrement Lana, je roule en allemande. Une occasion, je l'ai rachetée à la police. Ils n'en voulaient plus depuis qu'un bœuf avait vomi dedans, en plein sur les genoux du commissaire ! Un sale type celui-là. Enfin, il a pris sa retraite et est devenu bovinophobe : il tire à vue sur toutes les vaches, sûr qu'il va falloir l'enfermer un des ces quatre.

— Heu...

— T'inquiète pas, ma douce, j'ai tout nettoyé. Ça ne sent que quand il fait chaud, et ici, la chaleur, hein...

Un peu inquiète tout de même, Indiana s'installe à la place du mort tandis que Lana jette sans ménagement la valise dans le coffre. Effectivement, il n'y a pas d'odeur à l'intérieur. Prudemment, Indiana baisse le chauffage de son côté de la voiture.

Lana se met en route, traverse la ville qu'Indiana trouve follement typique avec ses immeubles modernes – pour la région – cernés de maisons en bois décorées avec goût. En banlieue, certaines de ces maisons se sont tellement enfoncées dans le permafrost qu'on doit y rentrer à quatre pattes en y rampant presque. C'est un spectacle étrange de voir les fenêtres au niveau du sol et le toit si bas. Quelques-unes sont même encore habitées, lui apprend Lana.

— Là-bas, plus loin, c'est la Léna. Il faudra que tu consacres un jour pour une croisière sur le fleuve : à un peu plus de quatre-vingts kilomètres, tu verras un endroit qu'on appelle les Piliers de la Nature. Ce sont des falaises qui se dressent verticales comme des troncs au bord de la rivière. C'est un immanquable de la Iakoutie : tu as l'eau, la terre et la pierre réunies avec le feu au coucher du soleil...

Et elle donne un brusque coup de volant à droite qui fait basculer Indiana presque sur ses genoux.

Elle aborde le trajet comme les soldats russes envisagent la guerre : une fois au front, rien ne peut les arrêter. Les autres conducteurs semblent être des ennemis à abattre ; elle ponctue le parcours d'un vocabulaire coloré qui ferait rougir un corps de garde aviné au grand complet. Malgré son style de conduite plutôt sportif, voire hargneux et enragé, elles mettent une heure à faire trente kilomètres et à sortir de la ville. Elles arrivent bientôt en rase campagne.

— Dites-moi, Lana, il n'y a pas un bruit ?

— Un bruit ? Si seulement ma voiture ne faisait qu'un seul bruit, ma petite biche, je serais ravie !

— Non, écoutez, il y a comme... un bruit de grattement. On dirait que ça vient du coffre.

— Tiens, c'est vrai. On arrive dans une minute, je me gare et on regarde. Si c'est une de ces saletés de souris, je vais te l'écrabouiller celle-là ! Elles passent l'hiver à grappiller toutes nos provisions et une fois le printemps venu, elles nous bouffent les bagnoles ! Je hais les souris.

Lana se gare dans un ultime coup de volant et un crissement de pneu digne d'une Formule 1 devant une mignonne ferme en bois. Les deux femmes sortent de la voiture. Bien que le moteur soit arrêté, on entend toujours le léger grattement provenant du coffre. Lana se met en quête de la souris infiltrée en retournant intégralement sa voiture et laisse son invitée se charger de la valise. Lana ne trouve rien, ce qui la rend folle, d'autant plus qu'aucun bruit n'émane plus de la voiture lorsqu'elle abandonne sa fouille, pourtant digne d'un passage à la douane australienne.

— Je te jure que je la trouverai, dit-elle rageusement.

— C'est bizarre, on dirait que le grattement vient de ma valise.

— Une souris moscovite infiltrée dans ta valise ?

— Non, je ne crois pas. Qu'est-ce que ça peut être ?

Indiana ouvre la valise avec précaution. On ne sait quand même jamais. Elle écarte une pile de tee-shirts et, blotti dans ses chaussettes, trouve… Vladimir !

— Une souris géante ! Tous aux abris !

— Non. C'est Vladimir. C'est mon cochon d'Inde. Je l'avais laissé chez Irma et Igor en France. Comment a-t-il fait pour rentrer dans ma valise ? Viens-là, petit bandit.

C'est un Vladimir un peu piteux qui saute dans les bras de sa maîtresse et pousse sa petite tête dans le creux du bras d'Indiana, qui berce l'animal un peu secoué.

Tout cela nécessite un peu d'explications. Igor avait bien tenté, après le départ de sa maîtresse, de dérider l'ombrageux animal. Il avait cru bien faire en rentrant dans sa cage pour le seller à l'insu de son plein gré alors qu'il s'était endormi. Le cochon d'Inde s'était réveillé la selle sur le dos, et le moins qu'on puisse dire, c'est qu'il n'avait pas apprécié. Il avait poussé des mugissements – pour peu que les cochons d'Inde mugissent – et avait chargé le malheureux Igor toutes dents en avant. Au regard de la taille d'Igor, c'était comme être chargé par un tigre à dents de sabre. Il eut juste le temps de filer hors de la cage et de refermer la porte au nez de ce qui était désormais devenu pour lui un dangereux prédateur. Irma, qui à son habitude était à la cuisine en train de faire du thé, soupirant après son vieux samovar rétréci, n'avait rien vu. Igor était vexé de son échec et boudait, portes et fenêtres closes, dans sa maison. Vladimir bondissait en tous sens et se frottait contre les barreaux de la cage afin de se débarrasser de la selle, ce qui faisait un boucan d'enfer. Attirée par le bruit, Irma vint voir ce qui se passait dans son salon.

Découvrant le pauvre animal la bave aux lèvres et au bord de la crise cardiaque, elle ouvrit la cage afin de le libérer. Elle qui était fine mouche avait bien vu que Vladimir n'appréciait pas de porter une selle, et encore moins d'être monté. Elle avait essayé de raisonner son mari qui, comme tout mari qui se respecte, n'avait rien voulu entendre, avec la mauvaise foi qui caractérise parfois les humains. Irma se saisit de Vladimir dont le cœur battait à cent à l'heure ! Elle le débarrassa de sa selle, l'amena dans la cuisine pour lui donner un peu de chou cru qu'elle avait mis de côté en préparant les pelmenis. Vladimir se calmait dans le giron de la bonne dame, qui malgré son appréhension première pour l'irascible rongeur, se prenait d'affection pour lui. Elle but son thé légèrement arrosé de vodka et en proposa même à Vladimir, qui goûta et trouva ça fort à son goût.

Les pelmenis cuits, tout le monde passa à table, Igor et Vladimir se regardant d'un œil méfiant. Il fut bientôt l'heure de se coucher et Irma remit Vladimir dans sa cage.

L'église du quartier sonnait minuit lorsqu'une silhouette sombre se glissa dans le salon. L'ombre déformée sur le plancher aurait glacé le sang du plus courageux d'entre nous. Elle se déplaçait silencieusement, veillant bien à ne faire aucun bruit. La silhouette se saisit de la petite carriole mauve à paillettes et l'approcha de la cage de Vladimir, toujours posée sur le sol du salon. La porte de la cage s'ouvrit en grinçant et l'ombre se figea. La sciure ne bougeait pas. Igor, car c'était bien Igor qui se tenait dans l'obscurité, déroula la longue cordelette en soie confectionnée par Irma. Il avait un peu de mal, car il s'était vêtu d'une armure de chevalier en plastique trouvée dans une caisse de jouets abandonnée au grenier par les enfants de l'ancienne propriétaire de la maison. Il s'approcha, les pieds enfoncés dans la sciure, et saucissonna proprement Vladimir grâce à un entraînement digne des paracommandos (il avait juste regardé en boucle des vidéos de rodéos toute la soirée). Vladimir ne put pas lutter. Il se réveilla ficelé comme un veau dans une arène de Cody, au Wyoming. Igor le traîna, non sans mal (les pelmenis au chou sont durs à digérer, surtout quand ils sont accompagnés de crème épaisse et Igor adorait la crème épaisse) jusqu'au sol et l'attela à la petite calèche.

« De gré ou de force, je vais te dompter ! »

Igor n'était pas un homme méchant, juste une personne horriblement vexée de ses précédents échecs. En tant que scientifique, il n'admettait pas que la suprématie de l'homme sur l'animal puisse être remise en cause, alors vous pensez, par un cochon d'Inde…

Il libéra les pattes de Vladimir, prenant bien soin de garder son licol bien serré afin qu'il ne enfuie pas. Il monta dans la calèche et vogue la galère, hue dada, en route, mauvaise troupe ! Le cochon d'Inde ne broncha pas. Il se contentait de grogner. Cela dura près de deux heures comme ça, ni l'homme ni l'animal ne voulant bouger. De guerre lasse, ce fut Igor qui céda, prouvant une fois de plus que ce n'est pas toujours le moins bête des deux qui gagne. Il poussa le cochon d'Inde vers sa cage, le détela et remonta dans sa chambre, vaincu. Mais tout à son découragement, il n'avait pas bien refermé la porte de la cage.

Dans la petite tête de Vladimir, des pensées contradictoires se bousculaient. D'un côté, il y avait Irma. Irma la douce, qui le cajolait et le gavait de ce délicieux thé russe et de chou mariné. De l'autre, il y avait

Igor, qui bien que pas méchant homme, ne rêvait que de le soumettre et de soit le monter, soit l'atteler à cette immonde carriole aux couleurs proprement vomitoires. Même un cochon d'Inde a sa fierté. Du dernier côté – et l'on voit ici que Vladimir a des pensées triangulaires –, il y avait Indiana qui partait dans un quelque part nommé Sibérie à la recherche d'une jolie rongeuse à la silhouette que le cochon d'Inde imaginait divine. N'ayant pu conclure depuis des mois avec aucune femelle digne de ce nom (le chat angora de Lydia ne pouvant pas entrer en compte dans ce genre d'équation), Vladimir imaginait que s'il participait à la capture de la zibeline, il pourrait en temps que kidnappeur s'octroyer un juste droit de cuissage. Et non, j'imagine votre déception, mais Vladimir n'était pas altruiste, c'était un cochon d'Inde en manque de sexe. Le triangle volait dans sa petite tête et vers quatre heures trente du matin, sa décision fut prise. Il allait rentrer à la maison et partir avec Indiana.

Même si la plupart des rongeurs sont agiles – sauf notoirement les cochons d'Inde –, il grimpa tant bien que mal sur la table, puis de là sur le rebord de fenêtre du salon, rongea un peu la moustiquaire et sortit de la maison. Le reste fut un jeu d'enfant. Sex-friend d'une jeune rate pendant quelques semaines, il y a bien longtemps hélas !, il connaissait parfaitement le moyen de rentrer chez lui. C'est donc en suivant les tunnels creusés par des générations de rats qu'il aboutit dans la cave de Ferdinand, d'où il remonta tranquillement jusqu'à la cuisine puis la chambre de sa maîtresse. Il comptait sur la bonne humeur habituelle d'Indiana au petit matin afin de tout lui expliquer, mais il était tellement fatigué par sa nuit agitée, qu'il se roula en boule dans les chaussettes de la jeune fille, complaisamment posées par terre dans une grande boîte ouverte où il s'endormit en un clin d'œil.

Il avait tellement bien dormi – le thé à la vodka sans doute – qu'il ne s'était réveillé qu'à Moscou où, prisonnier de la valise et pris d'un petit creux, il avait grignoté une chaussette. Rassasié, il s'était rendormi et n'avait plus levé un œil jusqu'à ce que la valise d'Indiana soit violemment jetée dans le coffre de la voiture de Lana.

Évidemment, tout ça est un peu difficile à expliquer, même pour un cochon d'Inde très intelligent. Alors, bien au chaud dans les bras de sa maîtresse, il se contente de prendre un air adorable, comme savent le faire tous les cochons d'Inde du monde, et se frotte contre Indiana.

Lana est encore méfiante, mais lorsqu'elle voit le cochon d'Inde si mignon qui incline la tête vers elle en ouvrant la bouche, elle se rappelle de toutes les vidéos d'animaux qu'elle a vues sur YouTube. Le souvenir d'une petite souris verte qui courait dans l'herbe lui revient. Son cœur de Babouchka fond et elle ouvre sa porte aux deux amis.

CHAPITRE 7 :
Où on découvre la Iakoutie.

La chambre préparée par Lana est charmante. Les murs de bois peints en vert se marient harmonieusement avec la fenêtre décorée de rideaux de dentelle blanche. Le lit est recouvert d'une délicieuse couverture en patchwork de laine. Un joli poêle en fonte et une armoire qui n'auraient pas déparé dans une boutique d'antiquaire du VIIe arrondissement de Paris complètent l'ensemble. Indiana dépose Vladimir sur la petite commode et déballe ses affaires.

Elle devra demander à Lana si elle peut utiliser sa machine à laver, car pratiquement toutes ses chaussettes sont tachées par les déjections de son cochon d'Inde. Heureusement, rien d'autre n'a été touché. Elle lui montre la chaussette qu'il a presque dévorée en entier et Vladimir regarde ses pattes d'un air coupable. Pragmatique, la jeune fille décide de ne pas le gronder : ça aurait pu être pire. La dernière fois que Vladimir s'était échappé de sa cage, il lui avait barboté tout son shampoing à la lavande. Il avait vidé le flacon (qui heureusement était aux trois quarts vide) et avait pété des bulles de savon pendant trois jours. Depuis lors, elle veille bien à ne jamais laisser traîner aucun produit parfumé à la portée de son ami.

Elle a presque terminé de vider sa valise quand Lana l'appelle pour manger. Indiana se dépêche de ranger son bagage sous le lit, attrape Vladimir et rejoint sa logeuse.

— Je t'ai préparé du thé.

— Merci, c'est très gentil.

Vladimir s'excite dans sa poche. Il en veut aussi, du thé, et l'odeur qui lui parvient aux narines est irrésistible. Depuis qu'Irma l'a initié au thé russe, il lui semble que même la plus belle des cochons d'Inde ne peut pas avoir la même saveur.

— J'ai aussi du chou pour… heu… ton ?

— Cochon d'Inde. Il s'appelle Vladimir.

— Eh bien, pose donc Vladimir sur la table.

— Vous êtes sûre ?

— Évidemment ! Par contre, il faudra que je lui trouve un bac pour ses petites affaires. Je dois bien avoir quelque chose qui puisse servir à ça. On regardera tout à l'heure, après avoir mangé. Je te ferai faire le tour du propriétaire et je t'emmènerai chez Igor et Irma. Enfin, chez ce qui reste de chez eux, ajoute-t-elle laconiquement.

— Merci, c'est très gentil. Je suis navrée de la présence de Vladimir, il n'était pas prévu au programme. Il a dû s'échapper et s'endormir dans ma valise avant que je ne la referme.

— Oh, ce n'est rien. Vu comme il est gros (Vladimir n'apprécie pas l'adjectif, lui qui n'est que muscles et testicules…), il fera peut-être fuir les souris ! Elles sont énormes, ici.

Vladimir est particulièrement intéressé par ce qu'il entend sur les souris. La plupart de celles qu'il a déjà rencontrées étaient trop petites pour pratiquer une quelconque activité sexuelle, et si les rates ont plus ou moins le bon gabarit, elles sont par trop agressives à son goût. Toujours à réclamer un petit cadeau avant, un petit cadeau après… Et puis, le BDSM rongeur, c'est pas trop son truc à Vladimir, a contrario des rates… Il voudrait bien que l'on continue sur le sujet des grosses souris dont il va pouvoir pouvoir « s'occuper » – probablement pas de la façon dont Lana s'imagine –, mais les deux femmes n'en ont cure.

— Après le dîner, je téléphonerai à Irma. Elle s'inquiète sûrement, elle m'a fait promettre de l'appeler à ton arrivée.

— Je devrais peut-être téléphoner moi-même, cela va vous coûter une fortune !

— Penses-tu ! On est peut-être au fond de nulle part, mais on a l'Internet et le wifi.

— Ah, super ! Et Irma l'a aussi, enfin ?

— Oui, il paraît que le technicien est enfin passé. Avec le décalage… On fera ça en fin d'après-midi, je ne crois pas qu'Irma soit levée à cinq heures du matin. Il est vrai que c'est une lève-tôt. Quoi qu'il en soit, il est trop tôt maintenant. Il faudra aussi appeler tes parents : ils seront heureux de savoir que tu es arrivée sans encombre à destination.

— Vous avez raison, répond Indiana tout en pensant le contraire.

On ne peut pas dire que les dernières vingt-quatre heures se soient déroulées aussi tranquillement que Lana le suppose…

— Allez viens, on passe à table. On a des tas de choses à se dire.

Lana vide son thé cul sec avant de filer dans la cuisine, qu'une délicieuse odeur de boulettes de viande embaume. L'estomac d'Indiana se réveille et elle suit sa nouvelle amie pour lui donner un coup de main.

Après le déjeuner, Lana fait visiter sa ferme à Indiana. C'est une grande exploitation de mélèzes dont on aperçoit les cimes élancées depuis la maison. Elle possède aussi des vaches et un couple de porcs qu'elle adore.

— Je ne les ferai jamais abattre. Ce sont un peu mes animaux de compagnie. Le plus intelligent, c'est Jésus. Il a sept ans. Il sait compter et il adore regarder la télé. Son émission préférée c'est « Voennaya Taïna ». Secret de guerre. Jésus est passionné d'histoire. Depuis la mort de mon mari, il me tient compagnie, on regarde la télévision ensemble. Il y a aussi Rita, elle a son caractère, mais quand on sait la prendre, c'est une brave fille.

— Oh, je suis désolée pour ton mari. Je ne savais pas.

— Oh, ne t'embête pas avec ça, c'était un crétin fini, même si je l'aimais. Tous les jours, je lui répétais de faire attention avec le tracteur, mais il ne m'écoutait jamais. Celui-ci s'est retourné en passant sur une défense de mammouth, sûrement remontée du permafrost après l'hiver. Il y en a beaucoup par ici. Il a été écrasé comme une crêpe, le pauvre. Il avait tellement bu le jour de sa mort qu'il y a eu un incendie dans la salle d'autopsie. Le médecin avait allumé une cigarette juste après avoir ouvert mon mari et paf ! il y a eu des flammes jusqu'au plafond. C'était pas un mauvais type, mais qu'est-ce qu'il buvait !

Indiana ne trouve pas quoi répondre… Heureusement, Lana reprend :

— Notre ferme s'étend de ce côté-ci jusqu'au bout de ce champ. Après, ce sont les plantations de mélèzes, puis c'est chez Irma et Igor. Tu te sens assez en forme pour y aller à pied ?

— Si c'est juste au bout du champ, pas de souci.

— C'est-à-dire que notre champ, il fait un kilomètre de long, mais le leur s'étend sur trois kilomètres… D'attaque ?

— D'attaque. Marcher me fera le plus grand bien.

Et les deux femmes se mettent en route. En ce début d'après-midi, il fait assez chaud pour qu'Indiana retire son anorak. Elle le noue autour de sa taille, admirant la résistance de Lana qui est en tee-shirt. Il fait à peine quatorze degrés, mais les rayons du soleil remplissent leur office en les réchauffant agréablement. Pas question cependant pour la jeune fille d'enlever son pull. Une fois passé le portail qui marque la limite de la propriété de Lana, elles aboutissent sur un chemin de terre. Lana explique :

« À droite, on rejoint la route principale vers Iakoutsk. C'est à trente kilomètres dans cette direction, et ma ferme est la première, la plus proche de la ville. À gauche, c'est un cul-de-sac. C'est là qu'habitent nos amis. Qu'habitaient », ajoute-t-elle tristement.

Indiana regarde autour d'elle. Hormis les barrières de barbelés cernant les champs, aussi loin que porte son regard, il n'y a aucune trace d'activité humaine. En face d'elle, Lana lui montre ses forêts de mélèzes d'où elle extrait le bois quelle vend aux scieries de la région. Même dans le Périgord, pourtant si vert et si agricole, il est difficile de se trouver aussi isolé. À part la ferme de Effekntyy, leur prochain voisin est à plus de huit kilomètres. Un léger vent souffle sur les herbes tendres et cela donne à Indiana une envie folle de se rouler dedans, comme quand elle était petite.

Lana prend à gauche en direction de la maison, ou plutôt de l'absence de maison, de ses anciens voisins.

Il leur faut une petite heure pour faire les trois kilomètres les menant chez Igor et Irma, car Indiana s'arrête à intervalles réguliers pour admirer une plante, un oiseau ou un nuage. Lana lui raconte un peu la vie en Sibérie, ses joies, mais aussi ses peines, avec ce don pour les contes qu'ont les Russes en général.

Le paysage de la toundra est bien loin de ce que la jeune fille connaît. Autour de la ville et sur environ quatre cents kilomètres carrés, c'est une plaine vaste bordée de marécages au printemps lorsque la Léna dégèle et déborde de son lit. À cette saison, les marais ont déjà presque entièrement séché sous les rayons du soleil. Ne reste plus que le fleuve qui s'écoule en un serpent lascif sur le côté est de la ville. Ici, point de fleuve, mais un plateau d'herbes sèches qui s'étend aussi loin que peut aller le vent. Les forêts de mélèzes de Lana marquent le premier changement dans la prairie qui va progressivement s'élever pour devenir montagne.

Les barbelés cèdent la place à de jolies barrières de bois bruts et les champs à un jardin qui doit être magnifique en été malgré la rigueur du climat. Une grange haute et solide s'élance vers le ciel. Un peu plus loin, un silo à grain ainsi qu'une étable vide complètent l'ensemble ; à l'endroit où en toute logique aurait dû se trouver la maison, il n'y a qu'un carré de terre sombre. Les deux femmes contemplent cet espace que l'herbe a déjà commencé à envahir, la nature reprenant rapidement ses droits lorsque l'homme disparaît.

— C'est là qu'était la maison. Elle a littéralement disparu !

— Irma ne t'a rien dit ?

— Elle est partie trop vite. Tu sais, même si nous sommes voisins, on ne se voit que deux ou trois fois par mois. La distance et l'isolement de nos deux maisons font qu'en général, on ne se croise qu'en ville ou au marché. On avait pris l'habitude de manger ensemble le dernier dimanche du mois, une fois chez eux, une fois chez moi. Quand ils ont disparu, cela faisait presque un mois et demi que je n'étais plus venue jusqu'ici. Mais Irma m'a dit que tu allais tout me dire, alors, tu le feras ce soir, au dîner.

— Et leur zibeline ? Vous savez ce qu'elle est devenue ?

— La petite Oustina ? Elle doit encore être dans les parages. Dans la grange peut-être. Mais c'est une toute petite bête, il te faudra un peu de ruse et de patience pour l'attraper. Et à mains nues, je ne te le conseille vraiment pas. Elle est apprivoisée, c'est vrai, mais Oustina reste un animal sauvage qui ne te connaît pas. Et elle a des dents redoutables !

— Je vais aller jeter un coup d'œil, si ça ne te dérange pas.

— Je t'accompagne.

La grange n'est pas fermée. Il leur faut juste retirer la planche de bois qui barre la porte. Tout est sombre à l'intérieur.

— Il nous faudrait une lampe de poche, constate Lana en essayant d'actionner en vain l'interrupteur.

— Oui, c'est bien ce que je crois.

— Tu reviendras demain. Maintenant que tu sais où c'est, tu le pourras sans problème. Ce n'est pas bien compliqué, comme tu l'as vu. Je te trouverai des gants et une petite cage pour enfermer Oustina. J'irai demain matin en ville. Ne t'inquiète pas, je vais aller faire mes courses et c'est le jour du marché. Ça ne me dérange vraiment pas. Je dois aller maintenant rentrer les vaches, c'est l'heure de la traite. Tu viens avec moi ou tu veux te promener un peu ?

— Si ça ne t'ennuie pas, je vais rester me familiariser avec l'endroit.

— D'accord, pas de souci, j'ai du travail. On mangera vers dix-neuf heures, ça te va ?

Cela va parfaitement à Indiana.

Une fois Lana partie, elle tente d'explorer plus avant la grange, mais malgré la lumière fournie par son téléphone portable, c'est trop compliqué. Elle sort, replace la planche sur la porte et se dirige vers le silo à grains. Il n'est pas très haut, et d'après les informations données par ses voisins, il ne sert plus que de réserve pour nourrir les bêtes. Lana devra venir vider le silo si elle ne veut pas voir le grain pourrir, c'est ce que les Effekntyy lui ont rappelé avant qu'elle quitte la France. Lana a déjà récupéré les quelques vaches qu'Irma gardait en souvenir de son enfance. Les bêtes ont rejoint son petit troupeau.

Le silo fait une dizaine de mètres de haut. Une échelle de fer un peu rouillé permet de grimper jusqu'au sommet, mais Indiana préfère visiter d'abord l'étable.

Elle pousse la porte en grand. Le bâtiment est moins profond que la grange et elle y voit mieux. Il n'y a que quatre stalles remplies de foin. Si la zibeline se cache là-dedans, elle va avoir bien du plaisir à remuer tout ça ! Il n'y a rien d'autre de notable là-dedans, mais ce tour lui a fait prendre conscience de l'ampleur de la tâche. L'expression rechercher une aiguille dans une botte de foin prend tout son sens dans cet endroit.

Elle referme l'étable soigneusement et prend le chemin du retour.

L'après-midi en est presque à sa fin lorsqu'Indiana atteint le portail qui ouvre vers le champ de Lana. Elle décide qu'elle a encore bien le temps de se promener un peu et continue tout droit sa route. Rapidement, les champs à sa gauche cèdent la place à un bois de mélèzes. Si Oustina s'est réfugiée là-dedans, elle n'a aucune chance de la retrouver !

Il n'y a maintenant plus de barrières d'aucun côté. Le chemin de terre avance paresseusement et Indiana devrait bientôt rejoindre la route vers Iakoutsk, d'après les indications de Lana. Soudain, un grand bruit sourd retentit, on dirait que quelque chose d'énorme vient de tomber. Indiana se fige. Le son vient de sa gauche. Sans réfléchir plus avant, elle s'enfonce dans les bois en direction de celui-ci, en suivant un semblant de sentier.

Elle avance vers le vacarme qui recommence. Elle a presque atteint ce qui lui semblait être une clairière quand elle comprend : des arbres sont abattus. Prudemment, elle se glisse derrière un buisson d'où elle peut voir ce qu'il se passe. Deux jeunes hommes munis d'une tronçonneuse coupent des mélèzes. Ils sont de type asiatique, comme Lana, ce qui est courant en Sibérie. Indiana s'approche, veillant à faire du bruit pour ne pas surprendre les deux jeunes garçons et provoquer de réaction brutale.

— Salut !

— Salut ! Faites attention, on déblaie la clairière.

— Je suis Indiana. Une amie de Lana, je viens de France.

— Lana ! C'est elle qui nous emploie. Notre tribu a un peu de mal à joindre les deux bouts ces dernières années, alors on joue les bûcherons.

— Je suis Kir, voici mon cousin Kolya.

— Enchantée tous les deux. Vous connaissiez les Effektnyy ? Les voisins de Lana. Ce sont mes amis aussi.

— Non, d'habitude nous ne descendons pas autant au sud. Nos familles nous ont envoyés chez Lana. Elle embauchait et le père de Kir connaissait son mari. On a dû venir à cause d'une maladie qu'ont attrapée nos rennes l'année passée. La moitié d'entre eux sont morts en quelques mois. On a besoin d'argent pour recréer un troupeau digne de ce nom.

— C'est très courageux de votre part. Je vous félicite.

Les deux jeunes hommes posent leurs outils et s'asseyent pour se reposer un peu. Ce sont des Evènes, une tribu nomade d'éleveurs de rennes qui vivent en Sibérie et au Kamchtka.

— On profite d'être en ville pour sortir un peu. La vie nocturne à Iakoutsk, c'est quelque chose ! Vous savez qu'il y a des bars ouverts toute la nuit ? Il y a même un endroit où on peut gagner plein d'argent en jouant. Dès qu'on aura touché notre paie ici, on ira tout miser là-bas. Il y a une publicité sur un bus, ils disent que tout le monde gagne.

— Ouais, surtout le casino, grogne Indiana. Je n'ai pas de conseil à vous donner, mais vous ne devriez pas y aller. Je ne connais personne qui ait jamais gagné un sou là-dedans.

— Kir m'a dit qu'il s'était renseigné à un type qui en sortait, dit Kolya, il lui a dit que c'était un endroit parfait pour deux gogos comme nous.

— Vous voyez ? Parfait pour nous ! a renchéri Kir.

— Heu, vous savez ce que c'est, un gogo ?

— Ben non, mais ça a l'air sympa. Non ? demande Kolya d'un air inquiet.

— Non, un gogo c'est quelqu'un qui se fait avoir par les autres…

— Oh ! Pas bon ça. On va peut-être s'abstenir alors. Le souci, c'est qu'on doit gagner de l'argent pour la tribu et ça nous semblait une bonne idée. Mais si tu dis que non, on te croit. Tu as l'air de savoir des choses sur la ville. D'ailleurs, t'es d'où toi ? Tu as un drôle d'accent.

— Je ne suis pas russe, je viens de France. Et je vous assure que non, il ne faut pas jouer vos sous au casino. Il y en a plein en France, tout le monde y perd son temps et son argent.

— La France, waouw, dit Kolya, rêveur.

— Il n'y a pas du travail dans les mines ? Il y en a beaucoup dans la région, non ? demande innocemment Indiana.

Kir et Kolya se ferment subitement. Il est vrai que l'exploitation des minerais a chassé les différentes tribus nomades de Iakoutie de leurs terres. Y travailler n'est envisageable ni pour l'un ni pour l'autre.

— Je n'ai pas grand-chose à vous proposer, mais si vous vous y connaissez en animaux sauvages, j'ai une zibeline à traquer. Je vous paierai. Si vous n'êtes pas trop chers, car je ne suis pas très riche !

— Une zibeline ? On peut vous attraper une sans problème !

— Le souci, c'est que j'ai besoin d'une zibeline en particulier. J'ai un croquis !

Les deux jeunes Evènes trouvent la requête bizarre, mais si la jeune femme les paie, ma foi…

— C'est d'accord. On peut se voir demain si vous voulez. C'est dimanche et on ne travaille pas le matin. Lundi, on a rendez-vous avec un représentant du gouvernement russe pour parler de la situation de notre tribu. Il paraît qu'il vient spécialement de Moscou pour se rendre compte de nos problèmes. C'est la première fois que ça arrive, hélas ! notre chef est incapable de venir lui-même : c'est la saison des mises bas ici, et le troupeau, c'est notre seule richesse. On ne peut plus perdre de bêtes. On est un peu stressés, travailler pour vous nous occupera !

— Merveilleux ! On se voit demain, sur la route en terre ?

— À hauteur du bois, c'est parfait. À demain !

Ils se saluent et Indiana les quitte, remerciant sa bonne étoile de lui procurer de l'aide à chaque fois qu'elle en a besoin dans ce pays sauvage et merveilleux. La Russie lui porte chance décidément. Pourvu que ça dure…

La nuit commence à tomber et Indiana sent la fatigue arriver. Ses jambes la porteront encore jusque chez Lana, mais pas au-delà. On a beau être jeune, on n'en subit pas moins les effets du décalage horaire et d'un voyage de plus de huit heures.

Les derniers rayons du soleil se découpent sur la ferme de Lana lorsqu'Indiana arrive au portail. Le froid s'est intensifié au point que la jeune Française dénoue son anorak pour l'enfiler prestement. Il est temps de rentrer et de s'occuper de Vladimir. Après avoir passé près de trente-six heures dans une valise, le cochon d'Inde doit avoir besoin d'exercice. L'endroit est parfait, l'air vivifiant. Peut-être battra-t-il enfin son record de vitesse ? Si la Russie est bonne pour Indiana, elle pourrait bien l'être aussi pour Vladimir.

Lana a préparé un bon repas composé du plus délicieux des pains qu'Indiana ait jamais mangés et de Dorobouski, un fromage à pâte molle qui n'est pas sans lui rappeler le camembert. Elles devisent longuement en vidéo avec Irma qui les a rejointes depuis la France, grâce à la magie d'Internet. Igor est très soucieux depuis la disparition de Vladimir, qu'il cherche partout. Indiana les rassure en leur disant qu'elle a embarqué bien involontairement le fugueur dans sa valise. Ils sont un peu inquiets, car ils pensent que quelqu'un s'est introduit chez eux pendant la nuit.

Igor, qui n'a rien perdu de son ouïe en rétrécissant, a été réveillé par un bruit vers une heure du matin. Il s'était fait tout petit, encore plus qu'il ne l'était, pour descendre en catimini vers le rez-de-chaussée, d'où provenait le son. Malheureusement, il s'était pris les pieds dans un minuscule repli du tapis de l'escalier et avait dévalé les dernières marches en tournant sur lui-même. Lorsqu'il avait repris ses esprits, la fenêtre de la petite pièce de couture qu'Irma s'était aménagée était ouverte et il n'avait rien pu faire. Il avait réveillé son épouse, maintenant qu'il était sûr que tout danger était écarté – on peut être un petit homme, on n'en perd pas pour autant son instinct protecteur… –, et ils avaient entamé une scrupuleuse inspection de toutes les pièces. Rien n'avait disparu, sauf un brûle-parfum en forme d'éléphant, assez imposant par ailleurs, qu'ils avaient acheté lors de leur voyage en Thaïlande. Et encore n'en étaient-ils pas certains : qui prendrait la peine de cambrioler un objet, certes à l'esthétique remarquable, mais d'une valeur si médiocre ?

Une fois que toute l'histoire a été dûment et longuement commentée, Indiana s'éclipse pour laisser aux deux amies un peu d'intimité. Elle donne un coup de fil de son portable personnel à ses parents depuis sa chambre, et vérifie avec eux qu'aucune vague de cambriolage ne sévit dans la région.

Elle leur conseille de bien fermer portes et fenêtres à double tour et remercie vivement sa belle-mère qui suggère de se rendre illico chez les Effektnyy, pour leur proposer son assistance. Indiana embrasse ses parents et leur promet des nouvelles dans la semaine. Et des photos aussi, même si elle imagine qu'elle va décevoir Angelica en ne lui ramenant aucun cliché de star. Iakoutsk, c'est un peu le bout du monde, sans autres people que les vedettes locales de bûcheronnage ou de culs secs à la vodka.

Elle sort dans la nuit avec Vladimir, enfin libéré de la salle de bain dans laquelle il a été enfermé avec un bol de thé, et lui fait découvrir les environs sous une lune quasi pleine.

CHAPITRE 8 :
Où on parle des secrets.

Lana a été fort perturbée par les révélations de la veille. Elle sait qu'Igor est un grand scientifique, mais de là à créer une réaction chimique de cette importance ! Elle comprend maintenant le pétrin dans lequel ses amis se sont involontairement fourrés.

Indiana et elle ont fait une liste de tout ce dont la jeune fille pourrait avoir besoin pour la traque d'Oustina. Il y a déjà pas mal de matériel disponible à la ferme, mais elle doit procurer à Indiana des gants solides en cuir ainsi qu'une cage pour enfermer la zibeline. Avec ce genre d'animal, on n'est jamais trop prudent. Vladimir, pour sa part, en sera dispensé le temps de ses vacances russes et d'ailleurs, il ne lâche pas le samovar, étant tombé amoureux du divin nectar qui en sort, même s'il trouve que celui-ci manque un peu de vodka. Il a pris ses quartiers dans la cuisine de Lana, qu'il ne quitte que pour sortir quelques minutes, le temps de faire ses besoins dans le jardin. Il a fait ami-ami avec Jésus et Rita, les deux cochons de Lana, mais il ne les trouve guère intéressants : ils sont obsédés par la télévision et aucun des deux ne connaît Bolt ou Lemaître, les deux héros de Vladimir.

Lana est enchantée d'apprendre que Kir et Kolya consacreront une journée à initier Indiana à la traque d'Oustina. Le travail dans la clairière n'est pas si urgent, d'ailleurs, sans le coup de fil de Boris, le chef de la tribu des Evènes qui l'a contactée pour lui proposer de l'aide, elle aurait engagé ses habituels bûcherons. Les tribus indigènes sont depuis toujours réputées pour leur adresse. Ce sont de merveilleux trappeurs qui traquaient les zibelines sauvages pour leurs peaux, avant que leur chasse ne soit officiellement interdite. Les deux cousins seront d'une grande utilité à la petite citadine française.

Lana lui prépare un petit-déjeuner pantagruélique ainsi qu'un casse-croûte pour déjeuner dans la campagne, puis la salue. C'est jour de marché, elle part pour Iakoutsk toute la matinée. Elle a des courses à faire pour le dîner de ce soir.

Indiana s'occupe de Vladimir et décide de l'emmener avec elle. Elle craint un peu les éventuels dégâts que le rongeur pourrait causer dans une maison inconnue. Même si elle l'enferme dans la cuisine où il se repose – mais de quoi ? – sous le samovar, la pièce est bien trop remplie de choses merveilleuses que le curieux animal pourrait détériorer. L'ennui est la source de tous les vices, surtout pour un animal aussi facétieux.

Elle enfile son anorak, glisse Vladimir dans une poche, le croquis d'Oustina dans l'autre et part rejoindre ses compagnons pour la journée.

Kir et Kolya l'attendent déjà, et pour cause : ils dorment sur place. Ils se sont construit une petite tente sur le modèle traditionnel Evène, non loin d'un ruisseau. C'est une sorte de yourte de petite taille, faite de peaux de rennes montées sur une armature en branches souples. À l'intérieur, un feu de braises couve et leurs couchettes de peau semblent bien confortables à Indiana, même si l'odeur y est un peu insoutenable pour une citadine. Les deux jeunes hommes disposent de tout le nécessaire, et même d'un peu d'électricité, grâce à une mini-station solaire tout juste suffisante pour recharger leurs téléphones portables. Le bonheur, quoi ! Ils cajolent énormément Vladimir qui, princier, se laisse faire. Il aime être traité comme une personne royale et surtout, il adore le fait que les jeunes hommes lui font goûter toutes sortes de baies sur le chemin de la ferme.

Indiana décide de commencer par l'exploration de la propriété des Effektnyy. Les deux hommes suggèrent de continuer ensuite en cercles concentriques autour de la ferme, ou de ce qu'il en reste. Vladimir est lâché avec pour consigne de ne pas trop s'éloigner. Il reprend son entraînement en faisant deux tours de la grange puis s'endort dans les hautes herbes, le ventre alourdi par tout ce qu'il a mangé en chemin. Si c'est un grand sportif, il n'en est pas moins un peu fainéant.

La matinée est riche en enseignements : Indiana apprend à observer la nature autrement qu'avec ses yeux de citadine, ce qui n'est pas si facile. Elle a beau essayer de toutes ses forces, elle loupe presque toutes les petites traces laissées par les différentes bêtes de passage sur la ferme. Elle va devoir se concentrer beaucoup plus, examiner aussi les sentes couvertes d'herbes pliées et infimes, légères comme des traits de plume. Indiana se sent découragée à scruter à quatre pattes le sol, où elle ne voit rien.

Le temps du déjeuner est idéal pour relâcher la pression. Elle a beaucoup écouté les deux jeunes hommes le matin. Maintenant, ils veulent l'entendre. Elle est française, ce qui les intrigue beaucoup. Ils la bombardent de questions : est-ce que tous les Français portent encore le béret ? Ils mangent vraiment des grenouilles ? Et des escargots ? Les gens passent-ils leur temps à faire l'amour en criant « Paris, Oh Paris ! » ? Les femmes sont-elles aussi « faciles » qu'on le dit ? Et les hommes ? Ils portent des chaussures vernies comme le mime Marceau ? Est-ce qu'ils mangent des steaks-frites en restant maigres comme des clous ? Pourquoi les Français sont si petits et si sales ? (Là, Indiana est vexée et refuse de répondre à des garçons dont la dernière douche complète doit bien dater de plusieurs semaines, voire plus.)

La jeune femme est stupéfaite de constater que son pays est si mal connu. Toutefois, après réflexion, elle se dit qu'elle aussi a des a priori sur les Russes, qui sont sans doute aussi faux que les leurs sur les Français…

Elle répond du mieux qu'elle le peut à leurs questions, qui finissent par se tarir. Les jeunes hommes sont un peu déçus que les Français soient des gens si ordinaires. Puis ils abordent le grand sujet : la visite du lendemain. Les deux Evènes doivent rencontrer un représentant de l'État russe. Boris, le chef de leur clan et accessoirement oncle, leur a obtenu un entretien pour discuter de la situation précaire des éleveurs de rennes depuis l'expropriation de leurs terres par des exploitants miniers, qu'ils jugent illégale. Ils ne savent pas exactement qui ils vont rencontrer, mais ils espèrent, sans nourrir aucune illusion, qu'il s'agira de quelqu'un d'assez haut placé pour pouvoir agir en leur faveur. Les promesses n'engagent que ceux qui les écoutent, dit un vieux proverbe évène…

Leur situation devient tragique : on a en effet découvert des gisements de diamants sous les dernières terres en leur possession et ils craignent que la société minière ne les expulse une fois de plus sans compensation. Leur village et camp de base se trouve à près de huit cents kilomètres au nord de Iakoutsk, un peu au sud de Deputatsky. Indiana est impressionnée par la responsabilité qui pèse sur les épaules de garçons qui n'ont pas vingt ans. Peu aguerris au monde citadin, ils montrent une grande assurance face à la nature. En espérant que l'enthousiasme et la passion qui les habitent compenseront leur manque d'expérience en politique, elle leur donne quelques « trucs » et conseils tirés de ses cours de droit à l'Université de Bordeaux. Les deux jeunes hommes la remercient d'une bourrade très affectueuse, quoiqu'un peu brusque.

Vers quatorze heures, ils ont couvert toute la superficie de la ferme et ont trouvé des traces qui pourraient être celles de la zibeline près du silo. Cependant, ils devront revenir avec du matériel pour l'explorer, car l'un des barreaux de l'échelle a cédé sous le poids pourtant léger de Kir. Il est préférable d'éviter un accident avant leur entretien de demain. Indiana a tenté l'ascension, mais Kolya l'a attrapée par le col et l'a obligée à redescendre. L'intrépide jeune femme s'est un peu vexée de se voir materner comme un bébé (les Evènes sont un peu machos), mais devant la mine hilare de Kir alors qu'elle abreuve Kolya d'un discours féministe des plus édifiants, elle finit par en rire avec les garçons. Grimper sur ce silo n'est pas prudent et peut être remis à plus tard.

Les trois compères passent un après-midi des plus enrichissants. Les deux Evènes sont de parfaits MacGyver russes. Indiana leur fait en chemin un dernier cours de négociation, souvenir de ses études universitaires bordelaises. Échange de bons procédés. Ils n'ont pas trouvé la zibeline, mais au moins, maintenant, elle sait comment la chercher. Vladimir retrouve sa place dans la poche d'Indiana et ils rentrent vers la maison de Lana en conversant.

— Ta science de la négociation nous serait bien utile… C'est dommage qu'on ne t'ait pas rencontrée plus tôt ! Dire que l'entretien est demain, stresse Kir au moment de se quitter.

— Sûr, ce serait bien mieux avec une conseillère ! ajouta Kolya.

— Et ça ferait plus pro aussi, renchérit Kir, plein d'espoir.

— Et si tu venais avec nous ? Je suis sûr que le gars en face, il sera pas tout seul. On va se faire manger avec des promesses !

— Allez, dis oui ! On t'aidera un jour de plus, gratuit, dit Kir en lui tendant les billets qu'Indiana venait de leur donner pour leur journée de travail.

Il est hors de question que la jeune fille reprenne les billets. Elle repousse la main du jeune homme.

— Heu… Eh bien, pourquoi pas ? Je ne suis pas sûre d'être la personne qu'il vous faut, mais il y a plus dans trois cerveaux que dans deux !

— Surtout que dans les nôtres, il n'y en a pas autant que dans le tien, flatte Kolya. Tu sais, le russe n'est même pas notre langue maternelle. Nous, on parle l'évène, c'est une langue toungouse. On a appris le russe à l'école, tu pourras nous aider !

— Bon, c'est dit. À quelle heure est votre rendez-vous ?

— Demain matin à neuf heures trente à l'aéroport de Iakoutsk. Tu te rends compte que le gars vient spécialement pour nous de Moscou !

— Vous y allez comment ?

— Lana nous emmène en voiture. Ensuite, on ira dans les locaux de la mairie, puis manger un bout au restaurant de la mère Katharina. C'est le meilleur de la ville, en espérant que l'autre paie sa part ! On louera une bagnole à l'aéroport pour la journée, au cas où…

— Alors à demain, dit Indiana en serrant les deux gaillards dans ses bras.

Et ils prennent chacun leur chemin.

Indiana compte rentrer assez tôt pour aider Lana avec le dîner prévu avec Féodor, mais les pirojkis sont déjà au four lorsqu'elle pénètre dans la cuisine. L'odeur des champignons réveille l'appétit de la jeune femme. Pour se faire pardonner, ce que l'aimable matrone ne demande pas, elle met la table. Pendant tout ce temps, elle raconte sa journée à Lana et son projet d'accompagner Kir et Kolya à leur rendez-vous avec l'envoyé de Moscou.

Vladimir s'est réfugié aux pieds du samovar et Lana chantonne en finissant la mise en place. Indiana sort de la maison, afin de profiter de la fraîcheur du soir.

Au même moment, Féodor gare son énorme 4x4 dans l'allée. Ils se saluent un peu gauchement.

— Salut Indiana, tu vas bien ?

— Oui, très bien. J'ai découvert la région aujourd'hui, avec Kir et Kolya. Deux Évènes, très sympas.

— Ah, c'est bien. Moi, je reprends le boulot demain. Dis…

— Tu veux qu'on parle un peu en privé ?

— Oui, allons faire un tour.

Et ils s'éloignent.

— Tu as dit que tu allais m'expliquer…

— Eh bien voilà…

Et Indiana raconte une fois de plus, mais à Féodor cette fois-ci, la raison de son voyage en Sibérie.

Le jeune homme reste pensif. Il ne voit pas exactement le rapport entre les espions de la Bourrée de l'Est et le contenu de l'enveloppe que le ministre leur a remis, alors Indiana, patiemment, le lui explique. La coïncidence est extraordinaire. Dans l'esprit de Féodor, les connexions fonctionnent très bien, même si elles sont de prime abord assez lentes à s'établir. Il comprend que la jeune fille est en danger si elle ne se montre pas extrêmement prudente. Bien que visiblement futée, elle ne connaît pas assez bien les rouages de son pays pour éviter des erreurs fatales, comme d'aller voir la police. Parce que raconter son histoire à quelqu'un de normal, c'est une chose déjà compliquée. Dire la même chose à la police en est une autre, bien plus dangereuse ! Dans tous les pays du monde, Féodor l'imagine bien, ce qu'ils ont fait ne se termine pas sans dommages, et la Russie ne fait pas exception à la règle, loin de là.

Même s'ils sont de bonne foi et qu'ils se sont trouvés pris dans un engrenage rocambolesque, ils ont choisi de fuir les autorités, ce qui ne joue pas en leur faveur.

Néanmoins, il leur faut trouver un moyen de déjouer le complot, parce que visiblement, complot il y a. Et surtout sans terminer eux-mêmes prison. C'est compliqué. Ils ont reçu une patate sacrément chaude et Féodor voudrait bien la refiler à quelqu'un d'autre.

— Et si on en parlait à Lana ?

— Je ne sais pas. On s'est déjà mis hors-la-loi, je ne suis pas sûr qu'il faille…

— Elle a le droit de savoir. Je vis sous son toit bon sang, je ne peux pas la mettre en danger ! Quoi que nous décidions, nous devons la mettre au courant.

Féodor passe sa main dans sa chevelure blonde. Ses cheveux sont un peu longs et elle termine sa course sur la nuque massive du géant. Il fait toujours ça quand il réfléchit. Indiana, dont le regard porte à hauteur du torse de son nouvel ami, est fascinée par la masse musculaire dont il est doté. Le tee-shirt à l'imprimé camouflage pourtant taille triple XL semble prêt à se déchirer à chaque respiration et dévoile les abdominaux puissants de Féodor. Indiana doit bien s'avouer à elle-même que le jeune homme est bien séduisant. Finalement, la main du colosse quitte sa nuque et se pose sur l'épaule de la jeune fille, qui plie légèrement les genoux sous son poids.

— C'est d'accord. On dit tout.

Ainsi, est décidé. Les deux complices rentrent et sont accueillis par une Lana des grands jours. Elle a enfilé une jolie robe d'intérieur traditionnelle tchouktche, en fine peau de renne ornée de motifs floraux brodés de perles. Indiana s'extasie.

— Quelle splendeur !

— J'en ai une pour toi, dit Lana en lui passant manu militari une robe par-dessus la tête. Tu la mettras demain pour le rendez-vous, ça sera parfait !

— Une tenue tchouktche ? Pour une Évène ? s'étonne Féodor.

— Tais-toi, le nain. Comment veux-tu qu'un gars de Moscou y connaisse quelque chose ? Tchouktche, Évène, pour les Moscovites, c'est kif-kif bourricot ! Passons à table. Prenez un thé. Tu as pensé à la vodka, nabot ?

— Eh bien…

— Quoi ? Invité et tu viens les mains vides ? Tu veux que j'appelle ta mère ?

— Là voilà, la bouteille ! Réserve spéciale, je te prie ! Maman l'a sortie du cellier exprès pour toi. Elle te passe ses amitiés, dit Féodor en riant de sa blague.

— Au temps pour moi, dit Lana. Maintenant que le principal est à table, ne traînons pas.

Le repas est excellent, bien arrosé de… thé. Ce n'est que lorsque la dernière cuillère du dernier morceau de gâteau est engloutie (ces dames sont généreusement aidées par l'appétit de Féodor pour s'acquitter de cette tâche) que la vodka est servie. Lana est intransigeante avec l'alcool dans sa maison : jamais seule et jamais avant de terminer le repas. Sauf le matin. Elle a été une fois en Martinique où les gens boivent du rhum au lever du lit en appelant ça un décollage, elle a trouvé l'excuse tellement drôle et judicieuse qu'elle l'a adoptée. C'est le moment de raconter.

— Lana, on doit te parler.

— Vous en faites une tête, tous les deux ! Ouille, c'est important on dirait ! Alors, cul sec ! Je ne peux rien entendre de sérieux sans un peu de carburant.

Ils trinquent et Indiana commence son récit, aidée par Féodor.

— Tout cela est fort sérieux. Comment avez-vous réussi à vous ficher dans une telle pagaille ! Nonobstant, Féodor a raison. Il est hors de question d'aller au poste de police. La situation s'est améliorée depuis le départ du vieux commissaire, mais ce sont tout de même des sacrés abrutis qu'on a ici !

— Mais alors, que devons-nous faire ?

— Je ne sais pas. La nuit porte conseil. Demain il fera jour. Et tous les proverbes que vous voudrez. Resservez-moi un verre.

Et les trois amis boivent, certains un peu plus que de raison, jusqu'à ce que la lune recommence à descendre dans le ciel.

Indiana cède la première. Elle s'effondre dans son lit à une heure du matin. On peut être périgourdine et manquer d'entraînement. Et puis l'alcool de noix, ce n'est pas la vodka réserve spéciale des Broutchev. Lana finit par se coucher vers deux heures, après avoir chanté (magnifiquement d'ailleurs) l'intégrale des chansons de Valéry Orlov. Lana réussit à imiter la voix de baryton de celui qui est surnommé « la grande voix russe ». Féodor dort une couverture sur le dos, affalé sur le divan où la surprenante Lana a réussi à le tirer, malgré leur différence évidente de poids. Mais Lana, si elle ne dépasse pas le mètre cinquante, a une poigne de fer. Elle a été dans sa jeunesse une des championnes d'attelage de la contrée : elle avait développé au contact des seize chiens de traîneau composant son attelage une force presque herculéenne. Elle avait été la première femme musher à gagner la grande course reliant le nord du lac Baïkal à Iakoutsk, en un temps record de neuf jours et vingt et une heures. Elle était même arrivée à bon port avec tous ses chiens, exploit qu'on conterait encore longtemps sous les yourtes. Mais toute championne qu'elle soit, elle est maintenant affalée sur son lit, ronde comme une queue de pelle. Vladimir, une fois tout le monde endormi, quitte le samovar et lèche les fonds de verre de vodka. Il va le lendemain se réveiller avec sa deuxième gueule de bois.

CHAPITRE 9 :
Où on n'y voit goutte.

Un matin douloureux se lève sur la campagne iakoute. Enfin, douloureux pour Vladimir, qui regrette amèrement ses excès de la veille. Il ne sait pas encore qu'il recommencera bientôt, même si à cet instant, il jure du contraire. Pour Indiana aussi, coincée entre le décalage horaire et des agapes somme toute bien soviétiques. Même si sa région natale n'est pas réputée pour sa sobriété, aucun vin de Bergerac n'a jamais eu la puissance de feu d'une vodka tout droit sortie de la glace. Cependant, question gastronomie, le confit de canard aux pruneaux de sa belle-mère bat tous les records, et de ce côté-là, la cuisine de Lana a des progrès à faire pour assommer une Périgourdine.

Les deux petits Français sont donc les derniers à ouvrir l'œil. Lana sort les vaches ; Kir et Kolya, venus exprès pour profiter des bienfaits de la technologie moderne, prennent une longue douche dans la salle de bain. Féodor quant à lui déjeune, l'œil un peu vitreux, mais le teint étonnamment frais pour quelqu'un ne se rappelant plus son nom de famille quelques heures auparavant. Vladimir a sa tête des mauvais jours : poil terne, moustache frisée et langue pendante. Il crève de soif depuis sa cuite. Indiana lui sert un bol de thé, dans lequel le cochon d'Inde invente de se baigner. Il aurait plongé dans le samovar si cela avait été possible et l'aurait bien vidé jusqu'à la dernière goutte. Las, trois fois hélas, il doit se contenter de ce maigre bol, déjà vide d'ailleurs. Il se fait le plus mignon qu'il peut et Kir le ressert. Le coup du regard triste, ça marche à tous les coups. Il devra faire pipi toutes les cinq minutes, mais tant pis. Il est plus que temps de se mettre en route. L'heure tourne et le responsable venu de Moscou ne va pas tarder.

Les dernières tranches de pain sont avalées, le petit Vladimir enfoncé dans une poche, les costumes traditionnels réajustés et… catastrophe ! La voiture ne démarre pas. La vieille Golf a choisi de ne pas bouger. Féodor jette un coup d'œil et estime qu'il ne peut pas réparer sans matériel et les embarque tous dans un 4x4 violet surdimensionné.

— Vite, le nain ! hurle Lana. On est en retard, sapristi ! Faut pas faire attendre Moscou !

— On y va, dit le géant en passant tranquillement la deuxième.

Il roule étrangement prudemment, au vu de son calibre et de celui de sa voiture. Indiana se serait plutôt attendue à une conduite rapide, voire agressive, mais le géant respecte scrupuleusement les limitations de vitesse et toutes les réglementations autoroutières dont Lana n'a, n'avait et n'aura jamais cure. Elle hurle à qui mieux mieux dans la voiture :

« Hue dada ! Taïaut ! Avance, vieille carne ! Pousse-toi limaçon ! »

Mais en fait de gastéropode, Féodor se pose là. Ils arrivent néanmoins juste à temps à l'aéroport pour voir atterrir l'avion.

Lana et Féodor les déposent dans l'entrée. Kir court prendre possession de la belle voiture qu'il a louée pour l'occasion et Kolya sort de sa sacoche en peau de renne un magnifique chapeau qu'il ajuste sur la tête d'Indiana. C'est une sorte de bonnet pointu en feutre de laine bleu et décoré de fourrure. Il est orné à l'avant de tresses de perles blanches qui lui mangent la moitié du visage.

— Mais il est trop grand ! Je ne vois rien !

— C'est pas grave. Comme ça, il ne verra pas que tu n'es pas une Évène. Ne l'enlève pas, je vais te présenter comme… comme…

— Ta cousine ?

— Oui, super, ma cousine. Merde ! J'avais pas remarqué ! T'as une robe tchouktche !

Ça, c'est la tuile ! À première vue, rien ne distingue la tenue d'Indiana de celle de ses amis, si l'on fait exception que la sienne est plus longue. À seconde vue, aucune différence non plus. Faut vraiment être du coin pour voir une quelconque dissemblance. Kolya arrive et pose les mêmes cris d'orfraie que son cousin :

— J'espère que le gars n'y connaît rien ! On va avoir l'air fins d'être venus avec une Tchouktche !

Kir enfonce le bonnet d'Indiana sur ses yeux. Cette dernière proteste, elle n'y voit plus rien ! En prime, Vladimir fait de la résistance en refusant de rester dans sa poche. Il lui grimpe sur l'épaule puis, de là, sur le chapeau qui lui masque encore un peu plus la vue en s'enfonçant sous le poids de l'animal. Heureusement, la couleur de son pelage est similaire à la fourrure dont le couvre-chef est garni.

Kolya sort la pancarte de bienvenue pour se signaler à son interlocuteur et se place stratégiquement devant la porte des arrivées, entraînant dans son sillage les deux autres, enfin, les trois en comptant Vladimir.

Indiana n'y voit vraiment goutte ; de plus, le cochon d'Inde gigote sur sa tête.

— Pince-moi, je rêve, chuchote Kir.

— Non, toi, pince-moi !, répond Kolya.

— Qu'est-ce qu'il y a ? Il se passe quoi ?

— Chhhhhuuuuut, disent en chœur les deux garçons.

Indiana ne voit que des pieds s'avancer. Une paire de chaussures de randonnée beige clair assez usées apparaît. Bien loin des chaussures cirées qu'elle imaginait. En remontant les yeux au maximum, elle voit une tenue de chasse brun-kaki tout à fait en rapport avec les chaussures. Elle ne peut pas regarder plus haut de peur de faire tomber son chapeau et par-dessus Vladimir.

Kir fait les présentations. Dans le doute, elle fait une petite révérence. Au pire, elle va faire provinciale, ce qui est le cadet de ses soucis. Trois autres hommes accompagnent le premier qui ne se présente pas. Les autres non plus, d'ailleurs. Ils échangent quelques paroles de bienvenue, puis prennent la direction de la sortie. Indiana suit.

Les Moscovites ont une voiture qui les attend. L'homme aux chaussures beiges monte seul à l'arrière. Deux autres visiteurs prennent place à l'avant et le dernier monte dans la voiture des garçons. Indiana s'apprête à les suivre lorsque le chauffeur de la limousine l'interpelle.

— Et, toi, Indi-Anna !

— Oui ?

— Je te prie de bien vouloir monter avec moi. À l'arrière, et il lui ouvre obligeamment la porte.

Elle se retourne, un peu paniquée, vers ses amis, mais la présence d'un des hommes de Moscou l'empêche de dire ce qu'elle pense. En soulevant légèrement son bonnet, elle voit Kir lui faire de grands signes encourageants, tout en mettant un doigt sur la bouche. Kolya lui attrape le bras et lui glisse :

— Parle le moins possible ! Ne le contrarie surtout pas !

Puis il l'abandonne pour monter dans sa voiture, car le chauffeur l'appelle d'un ton plus qu'impérieux. En moins de temps qu'il ne n'en faut pour l'écrire, Indiana rebaptisée Indi-Anna se retrouve assise dans la limousine noire.

— Indi-Anna… Quel nom original ! disent les chaussures beiges.

— Oui, merci.

— Vous avez un délicieux accent. Vous voyez, Indi-Anna, je suis venu en personne pour constater les faits. Vous ne devez pas être impressionnée.

Indiana ne voit pas pourquoi elle devrait être impressionnée par un fonctionnaire. Ce qui l'inquiète, c'est surtout son accent qui, comme vient de le faire remarquer l'homme en kaki, n'est pas tout à fait parfait.

— Je sais que ce n'est pas la façon traditionnelle de faire, mais vous pouvez m'exposer la situation si vous le voulez.

— Oui. Heu, non. Kir et Kolya le feront. Je ne veux pas être impolie…

— Je comprends. J'aime beaucoup la Sibérie. Comme vous le savez, je ne suis pas né ici, et de loin, mais j'ai appris à connaître votre belle contrée et je m'y sens comme chez moi. J'y possède moi-même une datcha, mais plus dans le Sud. Vous connaissez l'Altaï ? C'est fabuleux. Des montagnes à perte de vue et le plus délicieux miel jamais confectionné par des abeilles. Je connais mal votre région, je n'y suis venu qu'une dizaine de fois. Eh bien, c'est l'occasion de réparer cette erreur. J'ai bien l'intention de rester quelques jours. Dites-moi, Indi-Anna, vous savez que vous avez un cochon d'Inde sur la tête ?

— Oui. Il est à moi. Il s'appelle Vladimir.

Indiana fait beaucoup d'efforts pour en dire le moins possible. Elle espère que ses réponses laconiques n'irritent pas le Moscovite.

— La situation des peuples indigènes est une de mes préoccupations. Nous devons trouver une solution pour concilier le développement économique indispensable à la région et la préservation de la diversité culturelle.

Elle a promis de ne pas intervenir sauf en cas de demande expresse et compte bien tenir sa parole, ce qui est difficile dans cet espace confiné. Elle se contente donc de hocher la tête. L'homme continue sur sa lancée. Elle espère qu'il est sincère, car toute une tribu, et au-delà une nation comptent sur lui.

Heureusement, ils arrivent devant les bâtiments de la mairie. Il y a des militaires partout, que se passe-t-il donc ? Indiana doit se mordre la langue pour ne pas pas poser de questions : au vu du déploiement, le fonctionnaire doit être vraiment un type important. La porte de la limousine s'ouvre. Indiana sort en premier et prend l'attitude la plus humble de son répertoire en attendant l'homme aux chaussures beiges. Elle enrage de ne rien voir avec ce fichu bonnet ! Kir et Kolya attendent déjà devant la mairie et veulent presser la jeune femme de questions. Malheureusement, son compagnon de voiture arrive déjà.

Ils sont introduits dans une salle de travail et la réunion commence. Au bout d'une heure, les garçons, d'abord timides, s'enhardissent à parler avec tout leur cœur, grâce à la bienveillance du fonctionnaire. Indiana n'a toujours pas ouvert la bouche. Elle écoute et trouve que les deux jeunes hommes s'en sortent très bien. Elle doit juste tempérer un peu le ton de Kolya, qui a tendance à hausser trop la voix. Elle retient aussi la main de Kir, car il a déjà frappé deux fois la table trop fort pour appuyer son propos. Elle s'émerveille que son russe soit si bon : elle se promet de faire une furieuse promotion des cours du soir de Périgueux à son retour de voyage.

Indiana essaie de remonter son bonnet pour mieux voir, mais Kir, et incidemment Vladimir, veillent au grain. Au mieux a-t-elle aperçu la veste de chasse de leur interlocuteur. Il doit être près de 11 heures du matin lorsque celui-ci se lève de table.

— Eh bien, mes amis, je vous propose d'aller tout de suite voir sur place.

— Sur place ? s'écrient en chœur les deux garçons.

— C'est bien cela. Un hélicoptère militaire est prêt à décoller. Allons-y ! Mon pilote a déjà encodé les coordonnées de votre village dans le GPS. On en a pour deux heures, on mangera sur place. Je voudrais bien goûter l'hospitalité Évène.

Le ton n'appelle aucune discussion. Tout le monde reprend le chemin de l'aéroport, mais cette fois, Kir et Kolya accompagnent l'homme aux chaussures beiges, tandis qu'Indiana est reléguée dans la voiture de location, conduite par un militaire. La jeune femme en profite pour coller son nez à la fenêtre de la voiture. Ses compagnons de voiture sont fort taciturnes et elle peut observer la ville tout à son aise. Elle remarque que quelques personnes saluent la limousine ornée des drapeaux russes devant elle, d'aucun la prenant même en photo.

En réalité, ce n'est pas un, mais deux hélicoptères qui les attendent à l'aéroport. Ils sont accompagnés par une dizaine de militaires imposants à côté desquels Féodor lui-même ferait figure de jeune fille. Ils grimpent et s'installent à l'arrière. Kir lui cède sa place près du hublot. Il ne veut pas le montrer, mais il est visiblement mort de trouille. Indiana ne s'imaginait pas qu'un hélicoptère militaire puisse être aussi confortable : sièges en cuir, emplacement pour verre et bouteille d'eau, hublot grand format… Indiana n'est pas spécialiste en hélico, mais celui-ci lui paraît bien être le top du top de ce qui se fait. Décidément, les fonctionnaires de haut rang sont les mêmes qu'en France : rien n'est trop beau quand on ne paie rien.

Avec Vladimir toujours fiché sur son bonnet, les mouvements d'Indiana restent limités, mais dès qu'elle est installée entre Kir et Kolya, le cochon d'Inde descend de son piédestal pour s'installer dans ses bras. Il a encore la gueule de bois, les effets de l'alcool sont sans doute plus longs chez les cochons d'Inde que chez les humains. Indiana le fait boire dans son gobelet, puis il saute à celui de Kir et vide celui de Kolya d'une traite. Il va s'attaquer à celui du dignitaire lorsqu'il se ravise. Les quatre yeux bleus de Vladimir et du haut fonctionnaire se regardent intensément. Néanmoins, l'homme aux chaussures beiges le fait boire à même son gobelet, ce qui impressionne visiblement Kir et Kolya, qui se poussent du coude.

— C'est une bien jolie bête que vous avez là, dit-il. Et intrépide. Rare pour un cochon d'Inde.

— Oui, il s'appelle Vladimir ! répondit Indiana.

— Vladimir… Vous me l'aviez déjà dit dans la voiture.

Heureusement, le grand bonnet de fourrure enfoncé sur son visage masque les rougeurs d'Indiana, qui se sent stupide.

— Et pourquoi l'avez-vous appelé comme ça ? demande avec un sourire son interlocuteur.

— En hommage à Kovar ! Parce que quand il est né, il était blond comme les blés. Et il a de si jolis yeux bleus, plein de force comme ceux du président. C'est rare vous savez, chez les cochons d'Inde.

Indiana veut ajouter quelque chose puis se ravise, jugeant mieux de continuer à se taire. Elle récupère le cochon d'Inde que lui tend l'important personnage russe sans voir le sourire qui lui barre le visage. Les hélicoptères s'élèvent dans le ciel et ils partent vers Deputatsky. Le campement des Évènes se situe un peu au sud de la ville, après Batagaï. Ce ne sont que de toutes petites agglomérations de moins de cinq mille habitants, et ils arriveront en deux heures. En attendant, le paysage sibérien défile rapidement sous leurs pieds. Le spectacle est magique. Indiana laisse les deux garçons se relayer au hublot et ils peuvent chacun à leur tour admirer la terre de leur enfance.

Personne au village n'est au courant de leur arrivée. Ni Kir ni Kolya n'ont eu l'opportunité de les prévenir, puisqu'ils n'ont pas quitté leur invité. Lorsque les hélicoptères atterrissent dans le champ de Boris, celui-ci est occupé à la mise bas d'une renne. Le petit se présente mal, et tout intrigué qu'il est par le vacarme des deux engins volants, il reste aux côtés de la femelle. Peu importe qui arrive, rien n'est plus important que la préservation du maigre troupeau qui leur reste. Il envoie son plus jeune fils, le petit Isaaki, voir ce qui se passe.

Le gamin arrive dans le champ juste au moment où l'homme aux chaussures beiges saute hors de l'hélicoptère. Il a bonne vue, le petit, mais il se frotte les yeux pour être bien sûr de ce qu'il voit. Il crie un « merde ! » retentissant et veut s'en retourner d'où il vient, mais, fait extraordinaire pour ce gamin qui est l'un des plus agiles du village, il trébuche. Il est assis le derrière dans l'herbe lorsque l'homme arrive à sa hauteur. L'ombre projetée sur le garçon le glace subitement. Lui si courageux reste pétrifié devant l'apparition. Baba Yaga elle-même, la sorcière de tout le folklore russe, lui aurait fait moins d'effet.

— Tu es tout seul au village ?

— Oui, non. Les autres sont avec le troupeau. Le chef met bas une renne.

— Bien, alors emmène-moi.

— Oui, M'sieur. Bien, M'sieur. Chef, heu…

— Allons, vas-tu me faire attendre ? Relève-toi, dit-il en lui tendant la main.

Les autres arrivent à leur hauteur, mais il les arrête d'un geste de la main.

— Et si vous alliez chercher tout le monde ? Il paraît que les Évènes savent recevoir… Je voudrais bien le vérifier par moi-même. Toi, emmène-moi voir le chef.

Et il tourne les talons pour disparaître avec Isaaki. Les militaires les suivent, et le trio (quatuor avec Vladimir) reste seul dans le champ.

— Ouf, fait Indiana, je peux enfin enlever ce bonnet ! Descends de là, toi, dit-elle à Vladimir.

— T'es toute rouge, lui dit Kir.

— Qu'est-ce que tu crois ? Je meurs sous ce bonnet. C'est chez vous ici ?

— Oui, on est à Bimndin. C'est notre village.

— Comme c'est beau !

Indiana est bouche bée devant tant de splendeur. Après quelques pas, la jeune fille découvre le village qui est situé sur une hauteur de la toundra. Des conifères bas constituent la majorité de la forêt qui les entoure, mais devant elle s'étend une vaste plaine recouverte de fleurs mauves. Le village en lui-même est constitué d'une trentaine de maisons de bois à l'aspect assez pauvre, mais l'ensemble respire le bonheur. Du linge coloré pend sur des fils et un vieux cheval attaché à un poteau semble converser avec un chien assis à ses côtés. Le tout fait désuet, un peu décati. Quelques enfants se pourchassent en riant en sortant de l'école, la seule baraque récente du coin.

— On devrait aller demander aux femmes de préparer à manger !

— Aux femmes ? Pourquoi, vous ne savez rien faire sans vos mamans ? raille Indiana.

— On sait cuisiner figure-toi, mais là, on va avoir besoin de l'artillerie des grands jours. On a intérêt à lui offrir le meilleur du meilleur ! dit Kolya.

— Mais c'est qui ce type qui monte dans des hélicoptères comme je prends mon vélo ?

— C'est Kovar ! dirent en cœur Kir et Kolya. C'est Vladimir Kovar, notre président !

CHAPITRE 10 :
Où on danse.

Kir et Kolya emmènent leur amie française battre le rappel du village : le président les honore de sa présence, il faut maintenant veiller à le recevoir dignement. Ils font le tour des maisons pour rassembler tout le monde. Irina, l'épouse de Boris et femme de chef, prend naturellement la direction des opérations. Tout le monde est réquisitionné. Les hommes partent de leur côté monter les tables dans la salle communautaire, une grande yourte de bois dans lequel un feu est vite allumé, et les enfants sont envoyés au potager et dans les bois chercher des baies fraîches. Les plus âgés sortent le kvas, la boisson russe par excellence, faite de pain de seigle rassis, d'eau et d'herbes fraîches, et les femmes s'attellent au repas.

Indiana est présentée à tout le monde au milieu de ce brouhaha. Vladimir a un succès mitigé comparé à son illustre homonyme, ce qui le vexe un peu. Il va bouder au fond de la poche de sa maîtresse. La jeune fille est envoyée dans les bois avec les enfants.

— Tu es tchouktche ou française ? lui demande une petite fille.

— Je suis française !

— Alors pourquoi tu portes une robe tchouktche ?

Ça commence à bien faire cette histoire de robe ! Indiana observe celle de la petite fille et ne réussit à noter aucune différence avec la sienne. Ils se sont tous donné le mot ou quoi ?

— C'est Lana qui me l'a donnée.

— C'est qui Lana ?

— C'est la dame pour qui Kir et Kolya travaillent.

— Ah ! Ben c'est normal alors, elle est tchouktche !

C'est dit comme une telle évidence…

Indiana se montre efficace dans la récolte des baies. Elle en a rapidement un panier plein. Malheureusement, comme le lui fait remarquer la petite fille, aucune n'est comestible. Indiana a encore des progrès à faire pour survivre dans la nature sibérienne.

À leur retour au village, les préparatifs sont bien avancés. Indiana enlève Vladimir de sa poche et le dépose dans un panier rempli de paille que lui apporte l'une des petites filles avec lesquelles elle est allée dans la forêt. Celle-ci trouve le cochon d'Inde très joli. Et très gros pour un cochon d'Inde, ce qui vexe une fois de plus notre susceptible ami qui trouve qu'il n'est pas en surpoids, mais qu'il a le poil bouffant Bon Dieu ! Il s'enfouit dans la paille et refuse de se montrer.

Un murmure annonce le retour du président et de Boris. Kir a la présence d'esprit de remettre le bonnet sur la tête d'Indiana, ce qui la contrarie beaucoup. Heureusement, noyée parmi habitants du village et débarrassée du poids de Vladimir sur la tête, elle peut observer le mythique chef de la Russie. Indiana se décale progressivement vers le bout de la salle communautaire et réussit à se glisser entre deux enfants. De là, elle voit à peu près bien.

Les hommes s'installent en premier, servis par les femmes qui mangent à leur suite. On fait signe aux enfants de s'asseoir lorsque les adultes sont tous attablés, et Indiana suit le mouvement. Ce sont trois adolescentes qui remplissent les assiettes des plus jeunes. Plus loin, les deux chefs discutent d'un air aimable, Kovar écoutant gravement Boris. Le kvas est servi, on le boit, on le reboit encore. Après le repas, les baies sauvages sont servies accompagnées de crème bien épaisse et très peu sucrée. Même les militaires ont l'air de se détendre dans cette ambiance bon enfant. À la fin du repas, quelques verres de vodka sont échangés par les hommes, mais n'arrivent malheureusement pas jusqu'à Indiana, à son grand désespoir. Seuls le thé et le lait ont été servis à la table des enfants, ce qui décide Vladimir le cochon d'Inde à sortir de sa cachette. Il a décidé de pardonner à la petite Elina son insulte lorsqu'elle lui tend un biscuit trempé dans du thé. Eh non, Vladimir n'est pas devenu gros à lécher les murs.

Un groupe de jeunes gens apparaît, tenant de larges tambours d'une main et une baguette recouverte de cuir de l'autre ; ils commencent à danser. Les voix des femmes s'élèvent, les plus jeunes d'entre elles rejoignent leurs compagnons pour une danse des plus traditionnelles. Ils forment un cercle où les deux sexes se mélangent en ronde. Kir et Kolya se joignent au groupe en effectuant des sauts fort gracieux. Effrayé par le bruit des tambours, Vladimir se réfugie sous la robe d'Indiana. Mais, qu'est-ce qu'il fiche ? Il réussit à se faufiler sous son sweat-shirt et ses petites pattes griffues lacèrent la peau de la jeune femme qui se lève subitement.

Ce mouvement brusque est le signal que les enfants attendent. Eux aussi ont envie de danser. Deux gamines se saisissent des mains d'Indiana et l'entraînent dans une folle sarabande. Fermement maintenue par la poigne de fer des deux petits élevés sans doute aux épinards de Popeye, Indiana ne peut pas empêcher Vladimir de lui courir sur le corps. Elle se déhanche furieusement tout en formant une ronde autour des danseurs avec tous les gamins de la tribu qui les ont rejoints. Sans doute tout cela n'est-il pas très traditionnel, mais les enfants, amusés par la tournure des évènements, se mettent à imiter Indiana et les musiciens, oubliant la présence de leur président, battent plus fort leurs tambours.

Les hommes et femmes restés à table, d'abord pétrifiés d'horreur puis de honte, finissent par applaudir comme Kovar lui-même, amusé par cette danse si originale. Vladimir finit par trouver la sortie : il est remonté à l'encolure du sweat-shirt d'Indiana. Il sort sa frimousse et grimpe en deux bonds sur le chapeau qui s'enfonce un peu plus. Il tremble de tous ses membres, fermement accroché au sommet du chapeau et Kir, ayant remarqué le rongeur sur le chapeau et craignant qu'il ne tombe, lève la main pour calmer les percussions. Le garçon se saisit du cochon d'Inde, qui se réfugie au creux de ses bras. Les enfants tournent toujours autour des danseurs, mais moins vite maintenant qu'Indiana n'est plus agressée par son rongeur. Les mouvements se font plus souples et la danse redevient plus traditionnelle. Kir dépose le cochon d'Inde sur la table, et celui-ci ne trouve rien de mieux que d'aller se réfugier sur les genoux de Kovar, qui le caresse en riant.

« Que voilà un animal amusant ! Il s'appelle Vladimir, vous savez, dit-il à un Boris interloqué. C'est parce qu'il a des yeux bleus, comme moi ! »

Le chef évène ne sait pas quoi répondre. Les danseurs sont remplacés par un groupe de femmes, elles entament une longue mélopée un peu nostalgique qui rend tout le monde rêveur. L'une d'elles imite à la perfection le galop d'un cheval tandis qu'une autre pousse des cris stridents d'aigle. C'est la plus belle chose qu'Indiana ait jamais entendue. Kovar caresse distraitement la tête de Vladimir ; il lui présente son ventre que le président grattouille complaisamment.

Indiana qui, morte de honte, a rejoint sa table, se demande comment récupérer son cochon d'Inde quand un des militaires fait un signe à son président : il est temps de rentrer à Iakoutsk avant la tombée de la nuit.

Les deux chefs se saluent et Kovar fait une annonce au village : désormais, la possession de leurs terres sera assurée par décret présidentiel. Ils ne se verront jamais chasser sous aucun prétexte, et l'exploitation de leurs sols ne pourra se faire sans leur consentement ni indemnités. Un immense cri de joie accueille cette annonce.

Kovar remonte dans l'hélicoptère, le cochon d'Inde toujours dans les bras. Il fait un signe à Indiana, qui s'installe à côté de lui.

— Belle danse, c'est tchouktche ou français ?

— Hein ?

— Votre danse, elle vous vient des Tchouktches dont vous portez la robe ou de la France, d'où vous venez ?

Indiana est pétrifiée.

— Enlevez-moi ce bonnet. J'ai envie de voir la tête de ma franco-tchouktche !

La jeune fille s'exécute. Elle est rouge comme une pivoine.

— Excusez-moi. On ne voulait pas vous tromper. Je suis française. Je suis une amie de Kir et Kolya. Ce n'était pas leur idée… Et je ne m'appelle pas Indi-Anna, mais Indiana, comme dans le film !

— Je me doute bien… Ils n'auraient jamais osé mentir à leur président ! gronde-t-il en les dardant de ses yeux bleu acier.

Les deux garçons se font tout petits.

— Non, pas du tout. C'est moi. Je leur ai proposé de les aider, ils avaient un peu peur de ne pas être à la hauteur des négociations. Et puis, personne ne savait que c'était vous qui viendriez !

— Alors on peut tromper un haut fonctionnaire de l'état russe ?

— Non ! Ce n'est pas ce que je voulais dire !

Kovar s'amuse comme un enfant.

— Je peux vous poser une question, Monsieur le Président ? Comment vous avez su que j'étais française ?

— Vous pouvez. Et je vais même vous répondre. Voyez-vous, je connais bien la France… Et votre russe, s'il est très bon, n'est pas exempt de cet accent si particulier du sud… Vous êtes d'où ?

— Du Périgord, Monsieur le Président. Périgueux.

— Ah, Périgueux…, dit-il, nostalgique.

— Vous connaissez ?

— Oui, c'était il y a longtemps… Je me souviens d'un vin de Bergerac et d'une charmante demoiselle… Elle travaillait dans une fabrique de coucougnettes…

Vladimir, le président, a ce regard un peu perdu qu'ont tous ceux à qui reviennent en mémoire des souvenirs bien doux. Le pilote de l'hélicoptère doit lui tendre par deux fois son casque avant qu'il ne s'en saisisse. Indiana attend que le président sorte de sa rêverie pour coiffer le sien. Il lui indique le canal 2 et ils peuvent continuer leur conversation en toute intimité.

— Alors si vous me racontiez ? Qu'est-ce que vous faites à Iakoutsk ? Et avec nos amis Évènes ?

Et Indiana raconte.

Elle parle de ses voisins russes ayant oublié leur zibeline de compagnie en Iakoutie, mais sans mentionner qu'Igor a rapetissé quasi magiquement ni évoquer la Bourrée de l'Est. Elle lui parle du décès de sa maman qui aimait tant la Russie, passion dont elle avait hérité, de ses cours du soir de russe. Et de Vladimir, qui court comme une fusée quand il ne drague pas les minettes rongeuses du coin. Kovar pose des questions, écoute les réponses. Lui qui a toujours prétendu ne pas parler français en maîtrise visiblement quelques mots.

Vladimir, le cochon d'Inde, s'endort sous les caresses du puissant président. Il gît sur le dos, pattes écartées et testicules à l'air dans les bras d'un des hommes les plus puissants du monde.

— Vous cherchez donc une zibeline ?

— Oustina. Elle a un petit collier. Si je la retrouve, je la leur ramènerai.

— Vous savez que c'est interdit ?

— Oh !

Indiana est désappointée. Ce n'est pas le moment de dire au président qu'elle le sait parfaitement, mais compte la ramener en douce.

— Comme c'est interdit d'importer des animaux sur le sol russe sans autorisation.

— Je… Mais je ne l'ai pas fait exprès ! Cette andouille s'est endormie dans ma valise !

— Calmez-vous, je ne vais pas vous dénoncer ! Je vais même faire mieux : je déclare Vladimir le cochon d'Inde citoyen d'honneur de Russie !

Indiana se demande si le président russe se fout de sa tête. Il n'en a pas l'air.

— Et je vais vous faire parvenir une autorisation spéciale pour… Oustina ?

— Oh, merci.

— Où logez-vous ?

— Chez Lana. Lana Smirnov. Je ne connais pas son adresse.

— Ne vous inquiétez pas. Je trouverai. Je trouve toujours, ajouta d'un air terrible le président.

— Oui, bien sûr.

— Président Kovar ? Est-ce que vous restez longtemps à Iakoutsk ?

— Je suis là pour deux jours. Pourquoi ? Vous voulez m'inviter à dîner ?

— Heu ? À dîner ?

— Ne faites pas cette tête-là, je plaisante. Quoique…

Indiana ne sait plus très bien où elle en est. Est-ce qu'il se fiche d'elle ? Est-ce un jeu cruel ? Kovar reçoit un coup de fil : il s'excuse et bascule sur un autre canal. La jeune femme s'absorbe dans la contemplation du paysage et s'assoupit légèrement. Le pilote annonce leur arrivée prochaine à l'aéroport.

— Je dois vous voir. Enfin, je voudrais, j'ai quelque chose…

— N'en dites pas plus. J'ai un repas officiel demain soir, mais il se terminera tôt. Venez me rejoindre en ville. Prenez ce numéro de téléphone, c'est celui de mon secrétaire. Il vous indiquera où.

Indiana remercie le président alors que l'hélicoptère se pose. Kovar les salue avant de quitter le véhicule, puis disparaît dans sa limousine noire.

Kir et Kolya entourent la jeune femme.

— Quelle journée !

— Tu parles ! Allez, on y va. On retourne chez Lana.

La fermière rentre de l'étable lorsque les trois jeunes gens arrivent à la ferme. Ils parlent tous en même temps et leur excitation est si grande que Lana ne comprend rien à ce qu'ils racontent. Elle leur dit de rentrer, enlève ses bottes crottées et les suit dans la maison où ils racontent leurs aventures du jour.

— Décidément, il en arrive plus avec toi en deux jours qu'à toute la ville en une génération ! s'amuse la Tchouktche.

— Désolée… Mais dites-moi, Lana, quelle est la différence entre la robe que vous m'avez donnée et une robe évène ? Je n'en vois aucune et tout le monde me fait la remarque !

— Tu veux une confidence ? Je n'en ai aucune idée…

CHAPITRE 11 :
Où on cherche, où on trouve.

Le matin se lève sur la Iakoutie. Malgré tout ce qui s'est passé, il faut qu'Indiana cherche la zibeline. Elle est tout de même venue pour ça.

Vladimir dort sous le samovar, couché sur le dos et la gueule entrouverte près du robinet. Lana est déjà debout, occupée à la première traite de ses vaches. Les garçons sont retournés dans les bois. Elle laisse Vladimir cuver son thé et va voir Lana. Elles doivent discuter.

— Bonjour, Lana.

— Bonjour, Indiana. Bien dormi ?

— Oui, merci. J'ai trouvé la cage et les gants dans la chambre, tu me diras combien je te dois.

— Oh, tu m'inviteras à manger avant de rentrer en France, ne t'inquiète pas avec ça. Chez Katharina, en ville, c'est la seule qui cuisine mieux que moi.

— Dis-moi…

Lana termine avec les vaches. Indiana l'aide à transporter la dernière cuve de lait.

— Qu'est-ce que tu crois que je devrais faire ? Je dois voir le président ce soir. Tu penses que je dois lui montrer la lettre ?

— Et toi, qu'est-ce que tu envisages ?

— Je crois que je devrais. C'est juste que je ne sais pas trop comment lui expliquer comment elle est arrivée en ma possession.

— Il t'a semblé comment ?

— Le président ?

— Ben oui, pas le Pope !

Indiana réfléchit. Le moins qu'on puisse dire, c'est que le président russe s'est montré particulièrement tolérant avec elle. Mais de là à entendre son histoire calmement...

— Je crois que bien amené, il peut éventuellement ne pas se fâcher.

— Alors, tu dois lui dire. Et lui montrer cette lettre. Tu sais, je ne suis pas toujours d'accord avec mon président. Il y a des sujets sur lesquels je trouve qu'il manque d'ouverture d'esprit. Mais tu ne dois pas oublier une chose : ici, c'est la Russie. C'est un grand pays. C'est même le plus grand du monde. Nous autres, russes, nous sommes... différents. De Saint-Pétersbourg à Vladivostok, on compte près de cent soixante-dix ethnies et notre pays s'étale sur neuf fuseaux horaires. On ne peut pas faire plaisir à tout le monde. Mais il y a une chose dont je suis sûre : je suis russe et fière de l'être. Je ne veux pas qu'un complot vienne mettre à mal mon pays. Selon moi, tu dois lui parler.

— Merci, Lana. Je crois que c'est ce que je devais entendre. Je vais appeler Féodor. Je ne peux rien faire sans lui dire, ce ne serait pas correct.

— Téléphone depuis la maison. Son numéro est dans le petit calepin noir, cherche à « garage ». Il n'y en a qu'un. Féodor est le seul mécanicien honnête de la ville.

Indiana rentre dans la maison et appelle son ami. Il écoute longuement.

— Tu es extraordinaire ! Tu es à peine là depuis quelques jours que tu as déjà rencontré un homme qu'on dit inapprochable.

— Mais tu es d accord que je lui parle ?

— Oui, tout à fait. Lana a raison. Je suis russe et je me dois de défendre mon pays. Je viendrai avec toi ce soir. Si je dois finir mes jours en prison, eh bien…

— On n'ira pas en prison. Rien de ce qui est arrivé n'est vraiment de notre faute.

Indiana parle avec une assurance qu'elle est bien loin de ressentir.

— Bon, d'accord. Je vais téléphoner au secrétaire et savoir où est le rendez-vous de ce soir. J'espère que ce n'est pas le type qu'on a assommé !

— Et moi donc !

Après une petite hésitation, la jeune femme sort de sa poche la carte que lui a remise le président. Elle l'appelle.

— Lana ! Lana !

— Oui ma chère, qu'est-ce qui se passe ?

— Le président vient manger chez toi ce soir !

— Quoi ?

— Oui, je viens d'avoir son secrétaire. Il viendra à vingt heures !

— Misère ! Dans quoi m'as-tu fourrée ? Qui l'aurait cru ? Le président Kovar dans ma maison ! Mais qu'est-ce qu'on va lui faire à manger ?

Lana est partagée entre une grande fierté et une immense appréhension. Préparer à manger au débotté pour le président, ce n'est pas rien.

— Aide-moi à amener les vaches au champ. Ensuite, je dois absolument aller à Iakoutsk pour faire des courses. Toi, donne un coup de balai, je veux que ça brille comme un sou neuf quand je rentrerai.

— À vos ordres, mon capitaine !

— Et ne plaisante pas, gronda Lana. Quelle affaire !

Les deux femmes mènent les vaches au champ au pas de course. Lana avise la voiture de location des deux Évènes et monte dedans, puisque sa Golf est toujours chez Féodor en attente de réparation. Heureusement que les clés sont restées sur le contact. On ne peut que se féliciter de la négligence des deux jeunes gens. Elle démarre en trombe, sa conduite est à l'exact opposé de celle de Féodor. Indiana prie mentalement Saint-Christophe de la protéger d'elle-même.

Heureusement, la maison de Lana est parfaitement tenue. Habituée au ménage, Indiana ne passe qu'une heure à tout nettoyer. Elle va sortir quand le téléphone sonne. C'est Féodor.

— Je viens de voir Lana. Elle m'a dit que le président venait chez elle ce soir ? C'est une blague ?

— Non, pas du tout. Tu peux venir vers dix-neuf heures pour nous aider ?

— Bien sûr, je serai même là avant. Je lui amènerai sa voiture et je repartirai avec celle de Kir et Kolya pour la ramener à l'aéroport. Je dois amener quelque chose ?

— Je ne sais pas… Lana ne t'a rien dit ?

— Non, rien.

— J'appelle ma maman, elle fera le dessert. Et j'apporterai la vodka. La réserve spéciale des Broutchev va en prendre un coup, mais trinquer avec le président, ça ne se fait pas avec de la piquette !

La maison est propre, Vladimir réveillé et repu, Indiana écrit donc un petit mot à Lana pour lui dire qu'elle est partie chercher Oustina, mais qu'elle sera de retour sans faute à quatorze heures afin de l'aider dans ses préparatifs.

La journée est belle, et même étonnamment chaude. Vladimir est en pleine forme. C'est un beau moment pour une balade et les deux compères prennent le chemin de la ferme des Effektnyy.

Une fois arrivés à destination, Indiana laisse le cochon d'Inde courir à sa guise. Le seul endroit qui n'a pas encore été fouillé est le silo. L'échelle reste un problème, mais la jeune femme n'a pas trop peur. Elle n'est pas si lourde que ça. Si Oustina est un animal qui suit une routine, elle ne doit pas avoir été bien loin.

Indiana commence à grimper, testant précautionneusement les barreaux un à un. Arrivée à mi-hauteur, l'un de ses pieds glisse et elle jure, mais tient bon. Une fois au sommet, elle s'assied un moment sur le toit. D'ici, la vue est époustouflante. On voit à des kilomètres, elle peut même apercevoir la fumée du feu de camp de ses amis Évènes. D'un côté, la toundra s'étire vers le nord avec ses bois puis ses forêts plus denses. Plus loin, le plateau s'élève et les premières montagnes naissent hors de la vue de la jeune fille. À l'ouest, la ville se dessine à l'horizon et juste derrière elle, la Léna étire ses plages douces encore partiellement inondées.

Il est temps de s'occuper de la porte. Elle n'est pas verrouillée et Indiana se glisse à l'intérieur du silo. Il est rempli à moitié. Une passerelle court sur toute la paroi, et une échelle y descend. Lana l'a mise en garde : il ne faut en aucun cas essayer de marcher sur le grain, car son accumulation forme un sable mouvant dont personne ne sort vivant. La jeune femme redouble donc de vigilance.

Elle sort sa lampe de poche et éclaire partout. En face d'elle, il y a un tas de petites saletés. Elle s'avance avec précaution sur la passerelle. Le petit tas est composé de crottes et de débris végétaux. Il y a bien un animal qui vit ici, reste à savoir si c'est Oustina. Les zibelines, bien que bonnes grimpeuses, vivent le plus souvent dans des terriers souterrains. Mais Oustina a choisi de cohabiter avec des humains, ce qui est normalement incompatible avec sa nature. Irma lui a dit que la place préférée du petit animal était à la fenêtre de leur chambre, située à l'étage. Il y a donc une chance non négligeable pour que les restes lui appartiennent. Indiana recule prudemment vers la porte du silo, prenant garde de ne pas glisser. Il commence à être temps de rentrer pour aider Lana.

Elle regarde encore une fois autour d'elle et est assez surprise de voir une deuxième colonne de fumée s'envoler dans le ciel, néanmoins assez éloignée de la première. Un groupe de campeurs ?

Pendant toute l'exploration d'Indiana, Vladimir s'est lui aussi mis en chasse. Il a d'abord sacrifié à son entraînement : le travail passe en premier pour tout athlète qui se respecte. Il a fait le tour de l'étable en un temps qu'il juge record. Ensuite, il a fouiné de-ci de-là avant de tomber sur un fumet particulièrement alléchant : rongeur, femelle, trois ans. Difficile à l'odeur de déterminer si la demoiselle est jolie, mais il ne risque rien à chercher.

Vladimir, nez dans l'herbe, suit donc la trace lorsqu'il se retrouve devant un trou à la base d'un arbre. D'après ses informations olfactives, une seule femelle vit ici. Pas de mâle. C'est tout bon. Le cochon d'Inde hésite, regarde en direction du silo où sa maîtresse a disparu, puis s'enfonce dans les profondeurs sombres du terrier.

Indiana est assez inquiète. Cela fait quinze minutes qu'elle est redescendue du silo et Vladimir ne se montre pas malgré ses appels. C'est bien la première fois que son ami lui fait un coup pareil. Elle espère qu'il n'a pas fait de mauvaise rencontre et se morigène de l'avoir laissé sans surveillance : qui sait quel animal sauvage traîne dans les parages ?

Tandis que sa maîtresse s'angoisse, Vladimir conte fleurette. Il a déniché la plus jolie rongeuse qu'il ait jamais vue. Enfoncée mademoiselle l'écureuil, oubliée la fougueuse jeune rate, Vladimir vient de mettre la patte sur Oustina. Elle a un pelage si délicat et si fin ! Son derrière porte une queue d'une longueur indécente ; celle-ci sera sans doute peu pratique lorsqu'ils s'accoupleront, mais dressée et tout ébouriffée, elle est si excitante ! Son adorable collier de cuir vert met en valeur ses yeux sombres. De prime abord, on ne peut pas dire que leur relation soit bien engagée. La demoiselle a commencé par siffler, cracher, crier de rage lorsqu'elle s'est trouvée nez à nez avec l'intrus. Vladimir a essayé de s'expliquer, mais il y a visiblement un problème de communication. Bon sang, mais bien sûr, c'est parce qu'elle parle russe ! Vladimir creuse dans son esprit pour essayer de se souvenir de quelques mots, mais rien ne lui revient. Il s'en veut beaucoup de ne pas avoir été plus assidu lorsqu'Indiana répétait. Quel idiot ! Il tente de se faire le plus beau possible, bouffant le poil, remuant le derrière, prenant l'air le plus mignon possible. Rien n'y fait. De plus, il entend bien qu'Indiana l'appelle depuis quelques minutes et cela le déconcentre. Il doit réfléchir. Lui vient alors l'idée de génie : il lui faut un petit présent ! Car stupide comme un écureuil, il s'est introduit chez la jeune demoiselle sans prévenir et sans cadeau ! Comment a-t-il pu être aussi bête ? Tout le monde sait que les femelles sont plus accommodantes lorsqu'on les gâte un peu ! Il fait donc demi-tour en se précipite hors du terrier pour aller dénicher un petit quelque chose pour sa nouvelle dame de cœur et bute contre les pieds de sa maîtresse qui le saisit rapidement. La tuile !

— Mais où étais-tu passé ? Ça fait dix minutes que je te cherche ! Tu vas nous mettre en retard, et tu es plein de terre, regarde-toi ! On doit vite rentrer, tu ne vas pas recevoir le président Kovar dans cet état !

Vladimir a beau remuer comme un beau diable, c'est peine perdue. Sa maîtresse le glisse dans sa poche et vogue la galère, le cochon d'Inde est arraché à son nouvel amour.

— Je reviendrai ! Attends-moi ! hurle-t-il depuis la poche.

— Mais qu'as-tu donc ? Tiens-toi tranquille, ou tu seras privé de thé ! Tu es impossible aujourd'hui.

La mort dans l'âme, le cochon d'Inde se laisse emporter loin de sa dulcinée alors qu'Oustina, intriguée, sort la tête de son terrier de secours, où elle s'était réfugiée lorsqu'elle a entendu et senti l'humaine revenir.

Lana est évidemment rentrée et s'affaire dans la cuisine lorsque les deux amis passent la porte. L'excitation du matin est retombée au profit d'une froide résolution. Vladimir file sous le samovar et les deux femmes entament la préparation du repas. Lorsque Féodor arrive peu avant dix-huit pour le dîner, avec la voiture de Lana réparée, ses deux amies prennent un thé devant la maison. Une bonne odeur de boulettes de viande sort de la cuisine et la table est mise. Féodor dépose le dessert, une magnifique pastilla smokva, chef-d'œuvre de sa maman. C'est une compote de pommes cuites au miel et aux baies typique de sa région natale, l'Oural. Elle l'a faite avec les prunes de sa serre, et l'odeur est enivrante.

— Ta mère est une pâtissière émérite, décidément, constata Lana. Je n'ai jamais été fichue de faire un gâteau convenable !

— Mais tes pirojkis sont les meilleurs de la ville, tempère Féodor.

— Allons, trêve de flatteries. Merci d'avoir rapporté ma voiture.

— Oh, ce n'est rien. Je ramènerai le véhicule de location demain matin à l'aéroport.

— Bon, et maintenant, causons sérieusement. Comment allez-vous raconter votre histoire à notre président ?

C'est toute la question ! Il est difficile de faire l'impasse sur quoi que ce soit. Il semble en revanche préférable de ne pas mentionner la partie « Kremlin » : s'introduire dans un bâtiment sécurisé, pénétrer dans le bureau du chef de l'État, assommer son secrétaire particulier puis usurper l'identité de deux agents secrets ne va pas sans causer de souci avec la loi. Toutefois, sans cette partie du récit, impossible d'expliquer comment ils ont pu être confondus avec des agents des services secrets et le fait qu'un ministre leur ait remis un courrier si compromettant. Les trois larrons ont beau se creuser la tête et inventer mille versions de l'histoire, ils ne trouvent rien de convaincant.

Ils en arrivent à se dire qu'il vaut peut-être mieux se taire et laisser les puissants se débrouiller avec leurs problèmes quand Vladimir – le président – arrive. Lana, d'abord un peu impressionnée, est rapidement à l'aise. Après tout, elle est chez elle. Kovar fait honneur au repas. Lui qui fait maigre habituellement se laisse ravir par la cuisine de Lana.

Le cochon d'Inde a disparu. Après avoir été fort vexé de s'être vu enlevé à sa nouvelle dulcinée, il a préparé un plan d'attaque. Il a tout d'abord essayé de soulever le samovar pour offrir du thé à volonté à sa conquête, mais a dû renoncer, en raison du poids de ce satané machin. Il s'est donc rabattu sur deux feuilles de chou au vinaigre, qu'il cale dans ses joues, avant de s'enfuir dans l'après-midi. Personne n'a remarqué son absence, car les deux femmes sont bien trop occupées à leurs préparatifs.

Il fonce tel un bolide à travers les champs en direction de la jolie Oustina, salivant furieusement à cause du vinaigre dans sa bouche. C'est la mission de sa vie. Il a eu dans le terrier un coup de foudre absolu. Cette femelle-là éclipse toutes les autres. Il la séduira, forcément. Il ne peut pas échouer ! Malgré tout, Vladimir n'est qu'un cochon d'Inde, et les quatre kilomètres qui le séparent de sa chérie font un sacré nombre de pas, pattes de compétition ou pas. Il lui faut une heure et demie pour arriver au terrier, où il recrache le chou baveux et un peu de ses tripes. Cette fois-ci, il ne commettra pas la même erreur : il n'entrera pas sans s'annoncer dans le terrier, il se montrera galant ! Évidemment, le domicile de la zibeline ne dispose pas de sonnette, voilà ce que c'était de tomber amoureux à la campagne ! Vladimir décide d'y suppléer en couinant à intervalles réguliers. Oustina montra le bout de son nez après dix minutes, mais pas depuis le terrier. Évidemment, une fois seule, elle était retournée aux hauteurs qu'elle affectionnait tant, dans le silo. Elle a reconnu le timbre de voix du rongeur qui s'était introduit chez elle quelques heures auparavant et s'amuse à le faire mariner. Elle avait été outrée de voir son domicile principal violé par un intrus humain, puis son terrier de secours par un gros rongeur, mais sa jolie bouille, son pelage blond et ses yeux charmants lui avaient beaucoup plu. Elle ne s'attendait pas du tout à ce qu'il revienne, surtout qu'elle l'avait vu partir avec une humaine, mais il est là maintenant et soupire sans oser rentrer dans le terrier. Il a de meilleures manières, se dit-elle. Peut-être qu'elle pourra en faire quelque chose, surtout s'il perd une dizaine de grammes, car elle l'a trouvé un peu enveloppé.

La jeune zibeline descend de son silo et rejoint l'entrée du terrier. Elle tourne autour du cochon d'Inde qui n'ose pas bouger. Elle le renifle soigneusement. Vladimir ose un geste : il pousse le chou vers Oustina. Le rongeur a de la chance, car la petite zibeline, normalement carnivore, est devenue végétarienne. Elle avait lu un article trouvé dans un magazine abandonné dans un chemin sur les méfaits de l'alimentation carnée sur l'intestin. Constater que se nourrir de trop de viande raccourcissait sa durée de vie l'avait horrifiée. Elle avait donc opéré un virage à cent quatre-vingts degrés dans son alimentation et renoncé à la chasse. Se rapprocher des Effektnyy constituait le moyen idéal de se faire nourrir à l'œil. Assez rapidement, elle avait commencé à apprécier Irma et Igor. Finalement, elle était restée par affection. Lorsque, il y a quelques semaines, la fumée avait envahi la maison, elle s'était sauvée par la petite trappe dans la porte et s'était réfugiée dans le silo. Quand elle avait mis le nez dehors, la maison et ses habitants avaient disparu. Elle avait fui dans les bois, mais était revenue après quelques jours. Depuis, elle s'était creusé un terrier de secours dans l'orme de la propriété et attendait tristement le retour de ses amis.

L'arrivée des trois humains l'avant-veille l'avait beaucoup intéressée. Elle les avait observés, mais était restée prudemment cachée dans son terrier, dont l'entrée était masquée par les herbes hautes. Le retour de la jeune femme aujourd'hui et l'irruption du cochon d'Inde avaient perturbé Oustina, qui espérait que peut-être cette visite présageait d'un retour des Effektnyy.

La zibeline apprécie le cadeau apporté par Vladimir, renifle puis mange le chou et ce qui se passe ensuite relève de la plus stricte intimité des deux protagonistes. On ne peut leur en vouloir : ils étaient seuls depuis trop longtemps.

Le soleil commence à baisser lorsque les deux rongeurs prennent le chemin de la ferme de Lana. Vladimir a dû user de persuasion pour convaincre sa petite copine de l'accompagner, surtout qu'ils ne parlent pas la même langue. Le cochon d'Inde se promet de se plonger dans l'apprentissage du zibelino-russe au plus tôt.

CHAPITRE 12 :
Où les choses se précisent.

Le repas touche à sa fin et le président, pourtant peu connu pour sa gourmandise, fait honneur au dessert. Il a été décidé de n'aborder le sujet délicat qu'en fin de repas et la tension monte chez Féodor et Indiana. Sans compter Lana qui, soulagée de prime abord par le bon appétit du chef d'État, stresse en voyant l'heure du « grand oral » arriver.

Indiana se lance :

— Monsieur le Président, puis-je vous montrer quelque chose qui m'a été remis par erreur ?

— Par erreur ?

— Oui, enfin, je vous expliquerai. Puis-je ?

— Oui, bien sûr. Vous éveillez ma curiosité.

Et Indiana lui remet l'enveloppe, que le président soupèse.

— En voilà de la lecture.

— Je vous sers une vodka ? Réserve spéciale de la famille Broutchev, dit Féodor.

— Avec plaisir !

Et Kovar s'installe confortablement dans un fauteuil pour lire.

Les trois amis le regardent avec anxiété. Il hoche la tête, le visage impassible. Rien ne transparaît de ses pensées.

— Qui vous a remis ceci ?

— Alexandrei Noukarov. Le ministre de l'Agriculture.

— C'est assez obscur, « Je sais Qui », « Vous savez Qui »,…

— Je sais tout.

Et Indiana explique.

Il semble aux compères que, parfois, les yeux bleu acier de Kovar deviennent presque noirs. Il ne prononce néanmoins pas un mot avant qu'Indiana, parfois relayée par Féodor, explique que le secrétaire particulier dormait et que c'est donc de cette façon qu'ils ont pu sortir du bureau présidentiel.

— Donc, si je comprends bien, vous m'avez pris pour un voleur, vous avez pris la fuite devant les gardiens du musée, pénétré frauduleusement dans le Kremlin, réussi à en sortir sans dommage ? Puis vous avez trompé un fonctionnaire et êtes partis en mission sous une fausse identité ? Pour finir, vous avez lu un document secret ?

Indiana et Féodor avalent leur salive. Leur trachée a d'un coup le diamètre d'une paille.

— Vous êtes conscients que je pourrais légitimement vous faire mettre en prison et jeter la clé pour toujours ?

La sueur coule le long du dos de nos amis.

— Mais… Je devrais peut-être vous engager… Vous êtes à certains égards bien meilleurs que ma garde rapprochée, visiblement. Voyons ce qu'on peut faire de ça.

Le soulagement est visible sur les visages d'Indiana et de Féodor.

— La nuit porte conseil. Je vous revois demain. Il est temps pour moi de rentrer. J'ai des décisions à prendre.

Alors que le président se lève pour prendre congé, un grattement se fait entendre à la porte.

— Qu'est-ce que c'est encore ? dit Lana en allant ouvrir.

Les deux rongeurs se tiennent devant la porte. Vladimir a un air extatique et Oustina se tient un peu en retrait, timide.

— Vladimir ! Mais qui nous ramènes-tu là ? l'interroge Indiana en se rapprochant.

— Bon sang de bonsoir, c'est Oustina ! C'est la zibeline des Effektnyy !

— Vous êtes sûre ? demande Indiana.

— Oui, regardez son collier !

— Voilà donc la belette magique, dit Kovar.

— Zibeline, corrige Indiana.

Le président russe se penche sur la petite bête qui montre les crocs. Vladimir, lui, se rue dans les jambes de son présidentiel ami qui le caresse du bout des doigts.

— Nous parlerons demain. Bonsoir.

Et Kovar sort.

Vladimir en profite pour filer à la cuisine afin de montrer son plus précieux trésor, le veux samovar de Lana. La zibeline, qui connaît l'appareil, ne se montre guère impressionnée, ce qui vexe un peu notre cochon d'Inde. Elle fait néanmoins honneur au thé qui leur est servi. Ils se couchent ensuite sur le coussin généreusement mis à leur disposition par leur hôte et s'endorment tout de suite, fatigués par leur course et leur amour naissant.

Dans le salon, les conversations vont bon train. Tout le monde est soulagé par l'attitude du président. Surtout Féodor, car c'est lui qui avait assommé le secrétaire particulier, et il estime, sans doute à juste titre, qu'il risque la plus lourde peine.

Quelques kilomètres plus loin, près de la propriété des Effektnyy, deux petits hommes se réchauffent auprès d'un minuscule feu de bois. C'est de celui-ci que vient la fumée aperçue par Indiana plus tôt dans la journée. Ils ont élu temporairement domicile dans une caisse en carton. Ils sont transis de froid.

Une semaine plus tôt, ils ont été découverts dans la boîte de conserve par une passagère un peu trop curieuse qui avait été effrayée par leur apparence. Ils avaient d'abord réussi à s'enfuir, mais s'étaient ensuite involontairement jetés dans la gueule du loup. En effet, ils s'étaient réfugiés dans la valise d'Anatoli X., de passage à la gare d'où il espérait partir en week-end à Toula afin d'y prendre ses leçons de balalaïka avec le fameux professeur Ibraguimov. Sa valise était remplie de marshmallows achetés chez Mark & Spencer à Londres, introuvables en Russie, et que son professeur de musique adorait. Non seulement Anatoli X. est un virtuose de la balalaïka, mais il est aussi l'homme de main d'Alexandrei Noukarov. Malgré ou grâce à leur rétrécissement, Anatoli avait immédiatement reconnu les Bourréens de l'Est. Emmenés manu militari au ministère de l'Agriculture et remis au ministre en personne, ils avaient fait de leur mieux pour résister à la torture. Mais comment se défendre lorsqu'on mesure moins de vingt centimètres ? Un simple crayon à papier manié de main de maître par Anatoli X. les avait fait plier. Ils avaient tout dit, et plus encore. Une équipe avait été envoyée à Iakoutsk pour vérifier leurs dires et les photographies avaient confirmé leur version des faits. Malheureusement, les Effektnyy, disparus à la frontière ukrainienne, s'étaient révélés introuvables. Le ministre de l'Agriculture Alexandrei Noukarov n'osait pousser ses recherches hors du territoire, de peur de se faire remarquer. Il en faisait déjà assez comme ça. Il avait discrètement envoyé Anatoli X., son plus précieux et vil agent, espionner pour son compte. Envolé le week-end à jouer de la musique traditionnelle pour l'espion, il était parti en France. Après avoir retrouvé le couple à Périgueux, ce dernier s'était introduit en douce dans leur maison, afin d'y voler le vaporisateur rétrécisseur tant convoité. Il pensa avoir déniché le fameux objet en découvrant le brumisateur en forme d'éléphant que le couple avait – ce qu'il ignorait – acheté à Phuket lors d'un voyage en Thaïlande. L'éléphant à la trompe brumatiseuse était présentement en route pour Moscou. Son intervention avait été discrète et ni Irma ni Igor ne s'étaient réveillés pendant l'opération. Du moins le pensait-il.

Les deux Bourréens de l'Est, car c'est bien eux qui tentent de se réchauffer dans la froide nuit de la toundra sibérienne, ignorent ces derniers rebondissements. La seule chose qu'ils savent, c'est qu'ils sont petits, qu'ils ont failli dans leur mission d'espionnage et d'enlèvement et que de ce fait, ils ne pourront jamais plus rentrer chez eux. Ni nulle part d'ailleurs, car leur taille les trahirait toujours. De concert, ils ont décidé de retourner sur les lieux de leur accident, espérant y trouver un indice ou un antidote qui leur rendrait leur taille. Ils s'étaient échappés de leur geôle, constituée d'une caisse en bois où on leur jetait de la nourriture comme s'ils étaient de vulgaires animaux. Mais ils étaient assez chanceux dans leur malheur : leur format les rendait en effet inoffensifs aux yeux de leurs tortionnaires et ils n'avaient pas été fouillés. Ah-Reum – c'était le nom du plus vieux des deux sbires – possédait encore son couteau suisse. Un beau couteau suisse avec quatre-vingt-trois fonctions dont des ciseaux à bois, offert par le Gros Bouffi en personne, pour ses vingt ans de bons offices dans l'armée secrète est-bourréenne. Min-Ho, âgé d'à peine vingt-huit ans et fort de neuf années de service actif, ne possédait que le modèle de base, mais il aida tant qu'il le put Ah-Reum en creusant. Au bout de quelques heures, le bois tendre de la caisse céda et ils se glissèrent hors de leur prison, qui avait simplement été déposée dans un coin du ministère par leurs imprudents geôliers. À la faveur de la nuit, ils purent sortir discrètement dans les rues sombres de Moscou. Le reste avait presque été un jeu d'enfant. Ils avaient grimpé dans le coffre d'un taxi roulant vers l'aéroport. Après avoir déjoué tous les contrôles de sécurité en se faufilant entre les valises, ils étaient montés dans le premier avion pour Iakoutsk. Arrivés dans la soirée, ils attendaient le lever du jour pour investiguer.

Un jour bleu comme l'océan se lève sur la ferme de Lana. Dans la maison, rien ne bouge encore. Vladimir et Oustina dorment à pattes fermées sur leur oreiller, Lana cuve encore sa vodka de la veille et Indiana se rêve en princesse russe au temps du tsar. Un peu plus loin, dans la forêt, c'est un Ah-Reum enrhumé par l'humidité de la nuit qui réveille son jeune comparse Min-Ho.

— On doit y aller.

— J'arrive, lui répond le jeune homme en sortant de la boîte en carton.

Celle-ci avait contenu des oranges et l'odeur douce-amère qui l'avait imprégnée l'avait bercé toute la nuit.

— La ferme est de ce côté, à deux kilomètres si je me souviens bien. Dépêche-toi, on en a pour deux heures si on marche à bon pas.

— Bon pas ou pas, râle Min-Ho, on va devoir se taper… (Min-Ho calcula) vingt-deux mille pas au moins ! Je te signale qu'on en a pour au moins quatre bonnes heures, vu que ça équivaut pour nous à… (Min-Ho calcule encore) seize kilomètres et demi ! Sans compter que le terrain est bien plus accidenté pour nous que pour les autres ! On n'est pas rendus ! Si seulement on avait quatre chats dans une voiture…

— Je sais, on aurait un 4x4. Tu as encore le cœur à plaisanter ? C'est loin, raison de plus pour y aller. On n'a pas toute la journée, éternue Ah-Reum.

Et ils se mettent en route, nourris d'une baie chacun, ce qui leur cale l'estomac.

De l'autre côté de la route, Kir et Kolya sont réveillés eux aussi. Comme Indiana la veille, ils ont bien remarqué un petit filet de fumée à deux ou trois cents mètres de leur campement, mais ils étaient tellement fatigués après leur journée de travail qu'ils ont décidé de ne pas s'en inquiéter. Somme toute, chacun est libre de se réchauffer quand le soir tombe, surtout quand on dort à la belle étoile. Il leur reste une dizaine d'arbres à abattre et ils espèrent en avoir fini dans la journée. Ils ont obtenu un autre contrat d'abattage dans une ferme de l'autre côté de la ville, ils commencent demain et c'est très bien payé.

Féodor vient de se lever. On lui a confié une motoneige à réviser, et ce malgré que les mauvais jours soient encore loin. Il veut s'en occuper au plus tôt. C'est un modèle assez rare, importé depuis le Canada, et s'il lui faut des pièces, cela prendra des mois.

À Périgueux, Irma s'est couchée sur une énigme. Depuis deux jours, elle cherche le splendide brumatiseur qu'Igor lui a offert lors de leur voyage en Thaïlande. Elle est sûre et certaine de l'avoir rangé dans la pièce de devant, celle qui lui sert d'atelier de couture. C'est l'un de leurs rares objets à avoir échappé à la miniaturisation, puisqu'elle le conservait dans son atelier, et non dans la maison. Elle l'a utilisé en arrivant en France, elle en est presque sûre. C'est donc que le voleur qui s'est introduit dans leur maison l'a emporté. Mais pour quoi faire ?

Ferdinand, quant à lui, vient de se réveiller en sueur du plus horrible cauchemar qu'il ait jamais fait de sa vie. Il a rêvé qu'Indiana l'abandonnait et ne revenait jamais. Angelica le trouve en pleurs au milieu du salon et a beaucoup de mal à le consoler.

À Moscou, Alexandrei Noukarov dort encore. Il a reçu une merveilleuse nouvelle d'Anatoli. Celui-ci a enfin mis la main sur le brumatiseur et est en route pour Moscou ! Il ne lui restera plus qu'à discrètement vaporiser le président, afin de prendre sa place. L'avenir s'annonce radieux. Il s'endort en suçant son pouce comme un bébé.

Vladimir Kovar, lui, ne s'est pas vraiment couché. Habitué à avoir peu d'heures de sommeil, il a veillé tard, passé de nombreux coups de fil, cogité le reste du temps. Il s'est fait servir un petit-déjeuner à base de kacha, une bouillie de céréales, et de son fromage préféré, le tvorog avec du miel. Il gobe son dernier œuf de caille cru lorsque la version définitive de son plan se finalise dans son esprit. Il a un sourire carnassier et se recouche en attendant qu'il soit l'heure de passer à l'action.

Ah-Reum utilise la fonction boussole de son couteau suisse et Min-Ho le suit. Il est juste cinq heures du matin, le soleil est levé depuis deux heures. Avec un peu de chance, ils seront à la ferme vers huit heures. Malheureusement pour eux, à une centaine de mètres, une renarde affamée vient de sortir de sa tanière. Elle doit nourrir ses trois petits. Ils ont tout juste un mois et commencent à réclamer de la viande. Elle se met en chasse.

Les deux Bourréens ont atteint la route, heureusement fort proche. Ils avancent en direction de la ferme des Effektnyy lorsqu'un bruit dans les fourrés les fait brusquement stopper. Ah-Reum place son doigt devant sa bouche en signe de silence et les deux hommes se glissent dans le bas-côté. Le bruit recommence, et ils observent. Une truffe noire apparaît, suivie d'un long museau orange. Deux pointes d'oreilles dépassent des hautes herbes.

— Un renard ! chuchote Min-Ho.

— Oui, je le vois aussi. Ne fais pas de bruit. On va s'éloigner.

Malheureusement, l'animal a un excellent odorat et les deux espions ont le vent contre eux. Alors qu'ils reculent, elle s'avance doucement vers eux.

— Cours ! crie Ah-Reum.

— Oui, je le sais que je suis court !

— C'est pas le moment de faire des blagues idiotes ! Cours, je te dis !

Les deux hommes filent droit vers la ferme de Lana, laissant la ferme des Effektnyy derrière eux. La renarde suit, intriguée par les deux petites choses à l'odeur si alléchante de viande à l'orange.

Si, protégés par des herbes hautes, nos deux protagonistes s'en sortent bien pour la première partie du trajet, leur arrivée dans le jardin de Lana représente un problème majeur. Devant eux s'étend une pelouse parfaitement tondue sur une trentaine de mètres. Au bout de celle-ci se trouve la maison, le Saint Graal, l'asile tant recherché d'où Lana vient de sortir pour aller traire ses vaches. Derrière eux, à une dizaine de mètres seulement, la renarde approche. La présence de la fermière, que la prédatrice a bien remarquée, est un atout majeur de leur sauvegarde, les renards fuyant les humains comme la peste. Il lui faut agir maintenant sous peine de voir le petit-déjeuner lui filer entre les pattes. Tous se mettent à courir comme si leur vie en dépendait et, ma foi, c'est bien le cas.

Ah-Reum s'élance le premier, talonné de près par son jeune collègue. La renarde leur emboîte le pas. Min-Ho vole, Ah-Reum sprinte, l'animal fonce. Les deux minis-hommes sentent son souffle leur lécher le dos alors qu'Ah-Reum trébuche. Les crocs vont s'abattre sur le corps de l'infortuné lorsque soudain, une boule de poils percute la prédatrice. Des griffes acérées attaquent son autre flanc. Le tout accompagné de grognements et de sifflements des plus furieux. La renarde recule.

— Qu'est-ce qui se passe par là ? crie Lana en s'approchant.

Puis, découvrant la présence de l'attaquante rousse, elle se précipite vers Vladimir et Oustina qui la tiennent en respect. Elle bat en retraite dès qu'elle aperçoit Lana.

Min-Ho relève Ah-Reum lorsque Lana les voit.

— Ben ça alors !

Et elle s'accroupit.

— Bonjour, crâne Min-Ho, mort de trouille.

— Bonjour, s'époussette Ah-Reum.

— Bonjour, s'étonne Lana.

— Crouic ! Grmb ! reniflent Oustina et Vladimir.

— Mais... Qui êtes-vous ? Vous êtes des amis d'Igor et d'Irma ? demande Lana.

Ah-Reum et Min-Ho se regardent.

— Oui, dit Ah-Reum, le plus malin des deux.

— Non, nie Min-Ho.

Lana les regarde attentivement. Ils ne sont ni iakoutes, ni évènes, ni tchouktches, ni d'aucune tribu sibérienne. Ils sont clairement asiatiques. Elle défait discrètement les pans de son tablier et les en recouvre, pour les prendre comme dans un filet et les emmener dans la maison.

Lana dépose délicatement ses deux proies sur la table. Elle est suivie par Vladimir et Oustina, qu'elle pose à côté des Bourréens de l'Est. Ballottés dans le tablier, ceux-ci n'ont pas eu l'opportunité de se concerter.

Indiana, qui prend son petit-déjeuner lorsque Lana rentre avec son étrange chargement, les regarde avec attention.

— Vous êtes les Bourréens !

— Pas du tout, rétorque Ah-Reum, main sur le cœur et mine outrée. Nous sommes, heu, des Iakoutes ! D'une mini tribu encore inconnue, nous sommes très discrets.

— Menteurs, sales petits menteurs, vous êtes autant Iakoutes que moi ! s'exclame Lana.

— Si si, je vous jure, nous sommes des minis-Iakoutes. Nous élevons des lemmings ! Nous vivons dans des galeries souterraines. C'est pour ça qu'au fil des siècles, nous sommes devenus si petits !

— Arrêtez vos bizouilleries, c'est du grand n'importe quoi. Nous savons parfaitement qui vous êtes. Vous êtes les deux espions qui ont attaqué Igor dans sa ferme, afin de le kidnapper pour le compte du Gros Bouffi ! Vous avez été rétrécis avec lui et envoyés à Moscou par Irma dans une boîte de conserve de crabe.

— Ouch, dit Min-Ho.

— Ah… Vous savez tout ça ?

— Ben oui, qu'est-ce que vous croyez ? Que je suis voyante ?

— Ben non, ça, c'est les Effektnyy ! rigole Ah-Reum.

(Effektny, pour rappel, signifie voyante en russe.)

— C'est malin, tiens… Bon, pourquoi vous n'êtes pas à Moscou ? Qu'est-ce que vous faites ici ?

— Vous êtes fous ? À la gare, on s'est fait chopper par Anatoli X., le sbire d'Alexandrei Noukarov ! C'était vraiment pas de bol… Il nous a emmenés au ministère de l'Agriculture et gravement torturés, ajoute Min-Ho en remontant son pull-over pour montrer les bleus qui couvrent son ventre.

Les deux femmes compatissent.

— On lui a dit tout ce qu'on savait, ce qui n'était pas grand-chose. On a parlé de la fumée, de notre évanouissement, puis de notre réveil, miniaturisés ! Ensuite, il nous a enfermés, mais on a réussi à s'échapper. Heureusement que le Gros Bouffi a passé sa jeunesse en Suisse et nous a offert ces couteaux, sinon on serait toujours dans ses locaux, à ce salopard. Le ministre voulait nous renvoyer en Bourrée de l'Est, où nous aurions sûrement été exécutés parce qu'on avait failli dans notre mission ! On est revenu ici pour trouver un moyen de reprendre notre taille normale.

— Je veux bien vous croire, mais que pensez-vous que nous devons faire de vous ?

— Nous libérer ! Nous, on veut juste redevenir comme avant ! On doit voir Igor, il doit nous aider !

— Le problème, c'est qu'avant, vous étiez des crapules finies. Des espions à la solde d'un dictateur fou d'emmental. Vous vouliez kidnapper Igor !

— Je sais, je sais, nous nous en excusons, vraiment. Mais c'était avant, je vous jure ! Maintenant, on n'est plus comme ça, devenir petits nous a changés.

— Vraiment ? Tu crois qu'on a changé ? demande Min-Ho.

— Tais-toi andouille, lui chuchote Ah-Reum.

— Non, je ne me tairai pas. Je ne sais pas toi, mais moi je crois que j'ai vraiment changé. C'est le Parti qui a fait de moi ce que je suis, mais au fond, moi, ce que j'ai toujours voulu être, c'est danseur de ballet ! Les collants sont si seyants, tu ne penses pas ? En tout cas, c'est bien plus joli que cet uniforme kaki, ça ne va à personne… Avec mon physique, j'aurais pu commencer par être petit rat, ensuite j'aurais brillé dans un quadrille, on m'aurait remarqué et promu coryphée, puis sujet, ensuite premier danseur et avec un peu de chance, danseur étoile ! J'aurais fini ma carrière comme maître de ballet, reconnu par mes pairs et par le monde entier !

Min-Ho fait des entrechats des plus ravissants, puis salue avec grâce.

— Tu es devenu fou ? s'inquiète Ah-Reum.

Indiana est morte de rire. Lana a la bouche ouverte et les yeux écarquillés. Même Vladimir, d'ordinaire si placide, se roule par terre, hilare sous le regard outragé d'Oustina, qui trouve Min-Ho très élégant dans sa danse improvisée.

— Tout cela est bien beau, mais j'ai un plan, tonne une voix virile depuis la porte.

Tout le monde fait volte-face d'un seul mouvement. Dans l'encadrement de la porte, silhouette noire à contre-jour, nimbée de soleil, se tient Vladimir Kovar. Les minis-espions se font encore plus petits qu'ils ne le sont. Il s'avance dans la pièce et se penche sur les Bourréens.

— Je sais qui vous êtes, et je sais aussi ce que vous avez fait. Vous savez comment on traite les espions en Russie ?

Les deux petits hommes avalent avec grande difficulté leur salive.

— Vous n'entriez pas dans mon plan initial, mais votre présence apporte un plus non négligeable. Je crains que vous n'ayez pas le choix : soit vous marchez avec moi, soit vous marchez contre moi. Alors ?

— On marche, on marche ! disent en chœur les deux espions.

— On va même courir pour vous suivre, ajoute Min-Ho.

— C'est bien ce que je pensais. J'ai demandé qu'on fasse venir vos amis : Kir et Kolya sont en route, Féodor est dans sa voiture et sera là dans quelques minutes. Lana, vous êtes libre de participer ou pas. Je ne veux rien vous imposer.

— Je marche aussi. Vous pouvez compter sur moi.

— Merveilleux. Je pense que nos deux amis à quatre pattes seront avec nous.

— Couic ! sifflent les deux rongeurs.

— Parfait, c'est parfait. Indiana, vous pouvez sortir un instant avec moi ? Je désire vous parler en privé.

— Oui, bien sûr.

Ils s'installent côte à côte sous le porche. Il prend une grande inspiration.

— Comme je vous l'ai déjà dit, je connais bien Périgueux.

— Oui, effectivement, vous me l'avez dit. Qu'y faisiez-vous ?

— Ma chère, laissez-moi vous expliquer. Lorsque j'étais en poste en Allemagne, j'avais un collègue qui me parlait tout le temps de la Dordogne. Il en parlait avec tant de fougue que j'ai fini par visiter cette région, lors d'une de mes rares vacances. Je ne suis venu qu'une fois dans votre belle ville. J'y ai connu une femme, en 1990. J'allais bientôt rentrer en Russie et c'était l'occasion ou jamais. J'ai adoré.

— Je vous comprends. J'aime ma ville, ma région.

— Vous savez, je ne suis resté qu'un week-end dans votre ville. J'y ai rencontré cette femme. Charmante. Elle s'appelait…

Il est interrompu par l'arrivée des deux Évènes, escortés par un gorille en costume noir. Leur visage s'éclaire à la vue de leur président. Celui-ci leur fait un petit signe accompagné d'un sourire et leur indique la porte. Les deux jeunes garçons comprennent que le président veut rester seul avec Indiana et entrent.

— Vous disiez qu'elle s'appelait ?

— Alice. Je n'ai jamais su son nom de famille.

— Alice…

— Elle avait les mêmes cheveux que vous, avec ces reflets dorés au soleil. Elle était plus grande que moi, mais j'ai toujours aimé les grandes femmes.

— Moi, je suis petite.

— Moi aussi, souligne le président.

Un silence s'installe.

— Alice, c'était le nom de ma mère.

— Je le sais, je me suis renseigné.

— Vous vous êtes renseigné ?

— Ne suis-je pas le président de la Russie ?

— Bien sûr.

— Je… Enfin, je ne sais pas comment vous le dire, mais… Je pense que mon Alice est votre Alice. Votre mère.

— Vous ? Et ma mère ?

Vladimir Kovar ouvre son portefeuille et en sort une vieille photo en noir et blanc.

— Je l'ai toujours sur moi.

— Je peux ?

Le président russe lui tend la photo. Indiana la prend en tremblant. C'est bien sa mère.

— Je…

— Excusez-moi, Monsieur le Président, je dois rentrer, je vais attendre avec les autres.

Le président russe, l'un des hommes les plus puissants du monde, ne peut retenir une simple jeune fille. Il verse une larme en la voyant entrer dans la maison.

CHAPITRE 14 :
Où on agit enfin.

Féodor les rejoint quelques minutes plus tard. Il pénètre dans la maison en compagnie du président.

— Merci à tous d'être venus. Comme vous le savez, il se trame un complot contre moi, et un complot contre moi, c'est un complot contre la Russie. J'ai passé la nuit à y penser, et après mûre réflexion, je pense que vous tous ici êtes les seules personnes dignes de confiance dans cette affaire. Si vous êtes tous d'accord, j'ai un plan à vous soumettre…

Pendant la présentation du plan, Ah-Reum montre sa bonne volonté. Il avait, lorsqu'il était enfermé dans sa caisse, surpris la conversation entre le ministre de l'Agriculture et son odieux sbire Anatoli. Il savait donc que ce dernier avait subtilisé un brumisateur dans la maison des Effektnyy, et il en fait part au président. Celui-ci se montre fort intéressé, mais le démenti formel d'Indiana, puis d'Igor et d'Irma, qui ont été contactés par webcam, le rassure : l'éléphant brumisateur est parfaitement inoffensif.

Le couple se montre très inquiet lorsqu'il apprend qu'un espion s'est introduit chez eux, mais le président leur certifie qu'ils ne risquent plus rien. Il va assurer leur protection. D'ailleurs, Anatoli X. est actuellement en Russie, bien loin de la France.

À l'issue de la réunion, chacun rentre chez lui. Le plan du président est simple et clair. Tous se sont vus attribuer un rôle.

Vladimir et Oustina sont dans la cour de la ferme et la femelle ouvre de grands yeux aux performances de vitesse de son nouveau (et très rond) compagnon. Malgré le peu d'aérodynamisme de sa forme enveloppée, il court bien plus vite qu'elle. Si, intérieurement, elle en est un peu vexée, elle ne tarit pas de petits cris élogieux à son encontre. Lana s'en est retournée à ses vaches. Kovar et Indiana sont restés seuls dans la maison, dans un face à face extrêmement tendu.

— Vous dites que vous êtes venu en France en 1990 ?

— Oui, c'est exact. Indiana, ne me posez pas la question, dit tristement le président.

— Quand ? Quand avez-vous connu ma mère ? Et couché avec elle, puisque c'est bien comme ça que je dois le comprendre, c'est bien le terme convenu, non ?

— Indiana, Ferdinand est ton père. Celui qui est là, au quotidien. Qui t'accueille dans sa maison et te regarde grandir avec amour, qui te protège, jour après jour ?

— J'ai le droit de savoir.

— Tu ne pourras jamais être sûre.

— Dites-moi quand vous avez connu ma mère.

Vladimir Kovar, le président de la Russie, un territoire grand comme un continent, s'était juré de ne jamais rien dire, mais plie devant une petite jeune femme de vingt-huit ans.

— En mai.

Indiana compte. Elle doit s'y reprendre à deux fois tant son cœur bat à tout rompre.

— Je suis née le vingt-huit février.

— Je le sais.

— Vous êtes mon…

— Non Indiana, c'est fort peu probable. Ta maman, je suis désolée de devoir te le dire, connaissait déjà ton père à l'époque. Il était en voyage à Paris. J'ai été pour elle, comme elle l'a été pour moi, l'histoire d'un week-end, un coup de foudre dont nous connaissions tous les deux les limites. Nous étions plus jeunes, plus fous. Nous…

— Je veux un test ADN ! dit Indiana de sa voix la plus résolue.

— Un… quoi ?

— Un test ADN. Je veux savoir si vous êtes mon père.

— Tu veux imposer un test ADN au président de la Russie ? Vraiment ?

— Heu…

— Et surtout, Indiana, tu veux imposer un test ADN à Ferdinand ? Tu veux lui faire ça ?

— C'est dégueulasse ce que vous faites !

— Non, Indiana, ce n'est pas dégueulasse. C'est la vie qui est dégueulasse, pas moi. Moi, je ne veux pas savoir si tu es ma fille. Non pas que je n'en serais pas immensément heureux ou fier. Vois ce que tu as accompli depuis ton arrivée en Russie ! Tu es une jeune femme étonnante, intrépide, courageuse, bonne comme le bon pain et généreuse au possible. Mais je t'en supplie, ne fais pas de mal à Ferdinand. Il t'aime depuis ton premier souffle. Il a toujours été là, il t'a vue grandir et t'a consolée quand tu avais de la peine. Peut-être, je dis bien peut-être, que je suis ton père. Mais je ne suis pas ton papa. Ton papa, tu sais bien qui c'est. Il ne t'a jamais blessée. Ne lui fais pas de mal.

Il ne peut aller plus loin. Indiana est sortie de la pièce en claquant la porte. Le président reste seul.

Lana, qui est rentrée par la cuisine pendant la conversation, a tout entendu. Elle les comprend tous les deux. Ils ont raison, et ils ont tort. Ainsi va la vie, parfois, simplement, toutes les options sont mauvaises.

Vladimir Kovar, lui, remonte dans sa voiture, et tandis que celle-ci roule vers Iakoutsk, il sort de sa poche la brosse à cheveux qu'il a subtilisée dans la salle de bain. Elle est parsemée de quelques cheveux châtains clairs, ceux d'Indiana.

Le soir tombe, de ce jour si spécial pour chacun d'entre eux. Lana et Indiana sont seules à table. Les deux rongeurs se sont gavés de thé au lait puis se sont endormis dans la cuisine.

Indiana est totalement silencieuse et Lana fait les frais d'une conversation qui n'intéresse personne. À la fin du repas, elle se lance.

— Il n'a pas tort.

— Quoi ?

— Kovar. Il n'a pas tort.

— Évidemment, il doit faire quelque chose, on ne peut pas laisser cet Alexandrei Noukarov agir.

— Je ne parle pas de ça. J'étais dans la cuisine quand vous parliez. Je ne voulais pas m'en mêler, mais voilà, j'ai tout entendu.

— Et tu es de son côté ?

— Non, je ne suis du côté de personne. On ne se connaît que depuis quelques jours, mais tu es une des personnes les plus droites que j'ai pu connaître. Au fond de toi, tu sais que ce qu'il dit est sensé.

— Je le sais. Mais c'est dur. C'est peut-être mon père !

— Peut-être pas.

— Et ça remet plein de choses en cause concernant ma mère. Elle est morte quand je n'avais que quatre ans. Le seul souvenir que j'ai d'elle, c'est cette chanson russe qu'elle chantait parfois quand elle se croyait seule. Je ne me souviens même pas de son visage. Elle n'est qu'une ombre chantante. C'est sans doute à cause de ce souvenir que j'ai tant voulu apprendre le russe. Et dire que mes copines pensent que je suis amoureuse de Vladimir Kovar ! Alors que c'est peut-être…

Indiana ne termine pas. Lana lui prend la main.

— Tu sais, je n'ai pas toujours été vieille.

— Tu n'es pas vieille !

— Merci ma jolie, mais à cinquante-cinq ans passés, dont quarante-cinq à trimer dans une ferme, le corps a vieilli et l'esprit aussi. Je sais que maintenant on dit qu'on a mûri, mais ça doit être juste valable pour les gens de la ville, ceux qui ne se lèvent pas tous les matins que le Bon Dieu fait à cinq heures pour traire des vaches. Mon mari est mort il y a des années. C'était un bon mari, même s'il buvait un peu trop sur la fin. Je l'aimais. Profondément. Mais…

Les yeux de Lana se perdent dans le vide.

— Je l'ai trompé. Une seule fois.

— Ce n'est pas bien grave !

— Non, en effet, ça ne l'était pas. C'était pendant le festival du jeune renne. Mon mari n'y participait pas cette année-là, il était au salon de l'agriculture à Moscou. J'ai rencontré le premier soir un Tchouktche que je n'avais jamais vu. On a beaucoup parlé, beaucoup chanté les esprits. Bogdan jouait du tambour. On en fabrique de très beaux à base de peau d'otarie, et nos chansons sont parfois très gaies, parfois très mélancoliques. Les choses se sont faites naturellement. Nous sommes allés dans son petit uranga (c'est une tente de bois recouverte de peaux de rennes) et nous sommes allongés sur le sol couvert de mousse et de fougère. J'aimais mon mari, mais l'atmosphère du festival, la musique, les doux yeux de Bogdan… Ça s'est fait, c'est tout. Le lendemain, je me suis éclipsée avant qu'il ne se réveille. Le festival s'est terminé avec la fabrication du yaourt de rennes pour les enfants. On était très nombreux, nous ne nous sommes jamais revus.

— Je suis désolée pour toi.

— Il ne faut pas. Bogdan a été un élément de ma vie, et Louka, mon mari, en a été le pilier. Kovar, pour ta mère, a dû être un peu comme ça.

Indiana réalise avec stupeur qu'elle pleure.

Dès qu'il avait appris l'histoire du complot contre lui, le président russe avait ordonné l'interception immédiate des deux agents du cabinet du ministre de l'Agriculture, Tatiana Taromcha et Viktor Nogoff. Ceux-ci, lassés d'attendre au Kremlin que leur patron les envoie en mission, s'étaient octroyés quelques jours de vacances. Ils avaient décidé de s'offrir un petit aparté confessionnel dans le monastère Tchernigovski à Serguiev Possad, où la garde rapprochée du président les avait retrouvés, non sans mal. Viktor projetait de rentrer dans les ordres et Tatiana, touchée par la ferveur mystique de son collègue et surtout fatiguée d'être aux ordres d'un chef colérique et versatile, envisageait de tout plaquer pour se marier avec son premier amour, un lapon carélien. Elle l'avait connu sur les bords du lac Lagoda, un lac presque aussi grand que la Slovénie de ses ancêtres, et ne l'avait pas revu depuis trois longues années. Ils avaient tous deux été ramenés à Moscou et avaient fait connaissance des locaux de la FSB. Après une minutieuse enquête, rien n'avait pu être relevé contre eux, mais ils étaient gardés en détention par mesure de sécurité.

La veille, Kovar avait ordonné à Alexandrei Noukarov de prendre le premier avion pour Iakoutsk, où il l'attendait. Anatoli X. lui aussi était du voyage, évidemment. Il apportait un curieux bagage qu'il refusait de quitter : son brumatiseur de trente centimètres de haut. Il eut un peu de mal à passer les contrôles de sécurité à l'aéroport de Cheremietevo, mais l'intervention discrète du ministre le dispensa d'une fouille qu'il aurait pourtant méritée : il amenait avec lui un Tokarev TT33 muni d'un silencieux, ou plutôt une réplique réalisée sur une imprimante 3D commandée sur le Net. Anatoli adorait la technologie…

Kovar, lui, était rentré momentanément en ville. Il accueillerait le traître dès sa sortie de l'avion, et ferait intercepter son sbire par la même occasion. En toute discrétion, pour séparer les deux comploteurs et s'emparer du brumatiseur. Il se réjouissait d'avance.

Tous les autres, Kir, Kolya, Féodor, Ah-Reum et Min-Ho, Lana, et bien sûr Indiana, Vladimir et Oustina avaient à l'aube, c'est-à-dire à près de trois heures quarante-cinq du matin en cette saison, pris place dans un hélicoptère de l'armée russe et s'envolaient vers le sud de Deputatsky où la tribu de Boris les attendait.

La sœur de Féodor s'est portée volontaire pour suppléer Lana à la ferme, c'est donc sans crainte que celle-ci est montée dans l'appareil. Elle s'est endormie sur l'épaule de Féodor, épuisée par sa nuit passée à la confection des costumes nécessaires à leur contre-attaque. Elle n'avait pas fermé l'œil et ronflait de bon cœur, les petits Bourréens sur les genoux.

Oustina et Vladimir, qui ont commencé par se poursuivre partout en passant entre les jambes de tout le monde, se calment en prenant place sur le tableau de bord, au grand amusement des pilotes qui préfèrent les voir là plutôt que sous l'une de leurs pédales. Kir et Kolya profitent du paysage, chuchotant bas et répétant leur rôle de l'après-midi.

Indiana a laissé couler sa colère et ses larmes. Elle s'est rendue aux arguments de Kovar, puis de Lana. Même si son cœur est encore un peu lourd, si au fond la recherche de la vérité était toujours importante dans sa vie, elle aime trop Ferdinand et Angelica pour les blesser. Elle ignore évidemment que sa brosse à cheveux est en route pour un laboratoire privé moscovite extrêmement discret.

Il faut qu'elle se secoue, qu'elle sorte de cette mélancolie qui l'ankylose. Elle se tourne vers le hublot et regarde sans vraiment le voir le paysage sibérien défiler sous ses pieds. Le pilote principal dépasse Deputatsky et aborde la clairière de Bimndin où ils se sont posés la première fois. Toute la tribu les attend cette fois-ci. Indiana descend la dernière de l'hélicoptère et avise la petite fille avec qui elle a si mal cueilli les baies la première fois. Elle la hèle.

— Hey, toi !

— Ah, Indiana ! Tu es revenue. C'est chouette. Je n'ai jamais vu autant d'hélicoptères de ma vie.

— Je suis sûre que si tu le demandes gentiment, le pilote voudra bien te faire monter dedans.

— Cool, dit la gamine en filant.

Indiana rejoint les autres. Ils parlent avec Boris, le chef de la communauté.

— Tout est prêt, confirme-t-il à son arrivée.

Tous acquiescent.

— Passons à table, vous vous êtes levés tôt, vous devez manger. Le président et son invité devraient arriver dans moins de trois heures. Nous avons un peu de temps, mais ne traînons pas.

À près d'un millier de kilomètres de là, Alexandrei Noukarov vient de sortir de l'avion, non sans quelques appréhensions. Son plan lui semble parfait, mais comme tous les lâches du monde, il a les intestins tordus par le stress. Anatoli X. quitte l'avion après lui : il n'avait pas eu la chance de bénéficier d'un siège en business class comme son patron. De plus, il a passé la nuit avec le bruma-vaporisateur sur les genoux et souffre d'un léger torticolis. Il s'étire longuement et se dirige vers la sortie pour confirmer l'heure de son rendez-vous avec le ministre. Il ira chercher son bagage après.

La voiture officielle attend le ministre de l'Agriculture devant l'aéroport. Il s'y engouffre après avoir confirmé à son espion qu'ils se verraient à son hôtel dans la soirée. Privilège des voyageurs en classe supérieure, sa petite valise est arrivée la première. Il doit se rendre à la résidence du gouverneur et Anatoli X. va l'y suivre en véhicule de location, après avoir déposé leur arme secrète bien à l'abri au « Apartment in Petrovsky », un petit appart-hôtel qui est sur la liste des établissements discrets de tous les espions russes. Dès que la voiture noire s'éloigne, l'espion retourne attendre son bagage. Il remarque un mouvement étrange dans la foule autour de lui. Des hommes au comportement bizarre le cernent, certes discrètement, mais Anatoli X. n'est pas dupe. Tous portent des oreillettes : ce ne sont pas des citoyens ordinaires. Ils arrivent de tous côtés et se rapprochent dangereusement.

L'homme de main du ministre Noukarov, rompu aux situations d'urgence, ne perd pas une minute. Le brumatiseur toujours sous le bras, il abandonne sa petite valise sur le tapis roulant et tente de trouver un endroit pour se cacher ou mieux, une sortie discrète pour s'enfuir. Las, trois fois hélas ! celui-ci est très petit et les endroits où se cacher peu nombreux. La chance malgré tout lui sourit : il avise l'ouverture du tapis à bagages et s'y précipite. Il se retrouve sur le tarmac et fonce droit devant lui. Aucune cachette où se glisser, juste deux hangars à sa droite, où ses poursuivants iront le chercher en priorité. Il tourne les talons vers la gauche, en priant tous les diables de la terre de lui fournir assistance.

Celle-ci vient sous la forme d'un tracteur piloté par un Iakoute à moitié sourd. Il tire une remorque remplie d'herbe fraîchement coupée. Un jardinier providentiel. Anatoli y plonge, une seconde avant que les hommes qui le traquent ne déboulent sur la piste. Il ne bouge plus, ne respire pas plus, s'enfonce du mieux qu'il peut dans la moiteur des déchets organiques. Il n'est plus maître de son destin. Et, parce qu'il y a toujours un esprit maléfique pour s'occuper des malfaiteurs, le tracteur vire vers la piste de l'aéroport, hors de vue des agents de Kovar. Le jardinier Iakoute s'arrête bientôt près de la barrière et décroche la remorque pour la vider. Il enfonce sa fourche bien profondément dans l'herbe… et dans le derrière de l'espion qui hurle et bondit comme un beau diable de la remorque, couvert d'herbe, le visage vert. Le Iakoute croit à une apparition : c'est un kalau, un esprit malin travesti en diable vert qui vient lui tirer les oreilles ! Il remonte illico sur son tracteur et s'enfuit à fond les manettes, poussant au maximum la capacité de son petit engin qui atteint en cent mètres la vitesse incroyable de trente-cinq kilomètres-heure.

Anatoli ne demande pas son reste. Il ramasse le brumatiseur et fonce par-dessus la barrière vers les bois, pour se mettre à l'abri. Son expérience lui est d'une grande utilité et il trouve rapidement une cachette où personne ne le découvrira, qui lui offre une belle visibilité sur les alentours. C'est un trou creux dans un arbre partiellement déraciné, où son camouflage involontaire l'aide à se fondre dans la tonalité locale. Il glisse sa main dans la poche de son manteau et y trouve ses jumelles miniatures. Il les pose devant lui et fouille l'autre côté de sa veste. Il cherche encore, cherche plus loin : son téléphone a disparu. La tuile. Il doit être tombé dans l'herbe lorsqu'il y a plongé. La remorque est restée sur le terrain de l'aéroport, il ne peut pas revenir sur ses pas pour la fouiller sans se faire repérer. Impossible aussi de prévenir son maître, Alexandrei Noukarov, du fait qu'ils ont visiblement été découverts... Il ne lui reste plus qu'à patienter, observer et réfléchir. C'est ce pour quoi il a été formé. Ses yeux se rétrécissent jusqu'à former deux fentes noires scrutant l'aéroport.

CHAPITRE 15 :
Où ça bouge.

Alexandrei Noukarov, comme on le sait, était nerveux à son arrivée à Iakoutsk. Il n'avait pas très bien compris en quoi sa présence était indispensable dans la capitale sibérienne, mais avait aussi appris à ne pas discuter des ordres de son très impétueux président.

La voiture se gare dans l'allée de la maison du gouverneur lorsqu'il réalise que Kovar l'attend sur le perron, ce qui redouble ses crampes qui ne font qu'un tour de son estomac vers ses intestins. Il descend de la voiture en sueur.

On ne peut pas imaginer deux êtres plus dissemblables. Kovar est un homme d'à peine un mètre soixante-dix, blond aux yeux bleus et d'allure athlétique. En revanche, même s'il domine de plus de dix centimètres son président en hauteur, Alexandrei Noukanov est bien loin d'avoir sa forme physique. Il a dépassé les cent vingt kilos la dernière fois qu'il s'est pesé et ne peut monter une volée d'escaliers sans ahaner comme un vieux phoque. Kovar est vêtu d'un treillis brun et kaki et Alexandrei porte un costume bleu fatigué par les sept heures passées dans l'avion. L'un est altier, l'autre bien piteux.

Kovar le salue d'une poignée de main un peu prolongée tout en le regardant de ses yeux délavés. Il offre à son ministre de le retrouver une demi-heure plus tard dans la salle de réunion. Le président tourne les talons sur un Alexandrei encore moins rassuré qu'à son arrivée. Il se sait pas assez important que pour que le président en personne l'accueille à son arrivée. Quelque chose est inhabituel, mais Alexandrei ignore quoi.

Le ministre de l'Agriculture rejoint son président après avoir enfilé une tenue de campagne consistant en un jogging kaki qui lui sied fort peu. Il a appris à se mettre à l'unisson des puissants. Comme partout et pour quiconque, l'habit fait le moine.

— Alexandrei, vous voici.

— Monsieur le Président.

— J'ai un problème, Alexandrei. Un gros problème.

— Monsieur ? dit en tremblant le lâche de notre histoire.

— J'ai cru comprendre que vous connaissiez personnellement le Gros Bouffi ?

Noukarov manque de bien peu d'avaler sa langue.

— Le Gros Bouffi ?

— Oui, votre père et le sien n'ont-ils pas lié une amitié durable lors d'un dîner au Consulat de Chine ?

— Comment savez-vous cela ?

— Je suis Vladimir Kovar, cher Alexandrei, je sais tout… Figurez-vous que j'ai appris de source sûre qu'il fomentait un complot contre moi. Un ministre serait impliqué. Il paraît même que le Gros Bouffi serait actuellement sur notre territoire, ici, en Iakoutie, porteur d'une arme de destruction massive.

— Un complot ? Gros Bouffi ? Arme ? Ici ? balbutie le malheureux ministre.

— Oui, il est ici. Je ne peux faire confiance à personne, c'est pour cette raison que je vous ai fait venir.

Alexandrei se liquéfie sur place : il est perdu.

— Je vois que vous avez passé une tenue plus confortable. Nous y allons.

— Où ça ?

— Eh bien, voir ce qu'il en est. Si ce Gros Bouffi est sur notre territoire et s'il fomente quelque chose, nous devons aller voir ce qu'il en est. En personne. Vous me serez très utile en cas de négociations. Vos liens personnels le rendront peut-être raisonnable. Je ne veux ni effusion de sang ni conflit international. Ce n'est pas le moment de nous faire remarquer.

Et Kovar sort. Le pauvre Noukarov ne peut que suivre. Il s'excuse un moment (un besoin pressant) et essaie vainement de joindre Anatoli depuis les toilettes. Malheureusement, le portable sonne dans le vide, perdu au fond d une remorque abandonnée.

— Vous vous décidez à venir, Noukarov ?

— J'arrive, répond le ministre la mort dans l'âme.

Les deux hommes montent dans la voiture et refont le parcours en sens inverse vers l'aéroport, où deux hélicoptères les attendent. Le trajet est silencieux, les yeux bleu acier du président russe ne lâchant pas d'un battement de cil la mine anxieuse du ministre. Ils survolent la Sibérie centrale une fois encore et Noukarov se sent comme un bœuf mené à l'abattoir. Bientôt, le campement des Évènes est en vue. Kovar le signale à Noukarov.

— C'est là. Vous voyez le petit village ? Préparez-vous, nous atterrissons.

Ils se posent dans une pâture un peu éloignée des maisons et se dirigent vers la petite bourgade, accompagnés seulement de deux militaires.

Alexandrei chuchote :

— On dirait qu'il y a deux hélicoptères par là.

Kovar fait signe à un des soldats qui part en éclaireur. Il revient aussitôt.

— Appareil ennemi. Identification claire : fromage sur la coque. Bourrée de l'Est.

— C'était donc vrai. Appelez les renforts. On y va, dit Kovar.

— On n'attend pas les secours ? tremble Alexandrei.

— Pensez-vous que je sois un lâche ? Les renforts seront là dans trois heures au moins. Nous devons agir. Maintenant.

« Oh ! misère » sont les seuls mots qui viennent à l'esprit de l'infortuné ministre.

Ils avancent en catimini vers le village, atteignant presque la première maison lorsqu'une voix forte résonne derrière eux.

— Mains en l'air !

Tous se retournent. Devant eux se dresse une dizaine d'hommes vêtus d'uniformes de l'armée bourréenne, reconnaissables à leur insigne jaune en forme de meule d'emmental entamée. On dirait presque des Pacman assoiffés, comme ceux des jeux vidéo des années 80.

— Identifiez-vous ! tonne la voix.

Vladimir Kovar se redresse.

— Je suis Vladimir Kovar, président de la Russie. Baissez vos armes immédiatement.

— Kovar, tiens tiens… Mains en l'air !

Le pauvre Alexandrei n'en mène pas large. Il lève les mains si haut que son training laisse apparaître son ventre blanc, poilu et pansu. Le président, quant à lui, place ses mains à hauteur de son visage et se contente de sourire d'un air mauvais.

— Soldat, je…, dit Kovar.

— Taisez-vous ! J'appelle mon chef. Vous, dit le soldat bourréen en s'adressant à Noukarov, face contre terre. Les militaires aussi.

— Faites ce qu'il dit, je ne veux pas d'effusion de sang, ordonne Kovar à ses soldats.

— Tout de suite, tout de suite, s'exécute le ministre qui se jette à terre, suivi plus lentement et plus dignement par les militaires.

Le soldat bourréen sort de sa vareuse un talkie-walkie crachotant. Il marmonne des paroles incompréhensibles, quelqu'un lui répond et un silence s'installe. Au bout de quelques instants, un homme bizarre s'approche. Il est énorme et son buste déformé par un ventre disproportionné est planté sur deux petites jambes maigrelettes. Son manteau noir à double boutonnage le couvre jusqu'aux pieds. Sa mine est si étrange que Kovar doit se retenir de ne pas éclater de rire. Lana a bien fait les choses : le déguisement de Kir et Kolya est parfait. Comme ils se tiennent à distance, on ne peut bien distinguer les traits de Kir, mais cette précaution est superflue, car Alexandrei Noukarov, le seul qui pourrait reconnaître Le Gros Bouffi, a la tête enfoncée dans le sol mousseux des sous-bois et prie assez bruyamment qu'on lui laisse la vie sauve. Le faux Gros Bouffi approche en se dandinant, et chaque pas est un défi aux règles les plus élémentaires de la gravité tant il penche de droite à gauche comme une quille de bowling sur le point de tomber.

— Monsieur Kovar, quelle bonne surprise !

— Gros Bouffi. Qu'est-ce que cela signifie ?

— Voyez-vous, cher Kovar, je crois… que je suis venu pour vous renverser et, qui sait, prendre votre place. J'avais prévu de tout faire à Moscou, mais comme vous êtes venu à moi… Je le fais maintenant. Gardes, saisissez-vous de lui et enfermez-le. On s'occupera de lui tout à l'heure…, ricane-t-il d'une drôle de voix aiguë.

— Vous allez me le payer, Gros Bouffi !

Le dictateur part d'un rire bizarrement strident.

— C'est ce qu'on va voir…

Et il tourne les talons.

Les gardes relèvent Noukarov qui prie toujours et l'attachent, ainsi que le président, les mains dans le dos. Les militaires sont emmenés de leur côté. Noukarov chuchote :

— Il marche étrangement le Gros Bouffi, non ?

— Taisez-vous imbécile, vous allez nous faire tuer.

Les deux Russes sont emmenés dans une cabane de bois assez rustique et enfermés sans autre forme de procès. Kovar est extrêmement calme. Il s'assied sur une chaise, les mains liées dans le dos. Noukarov fait des allées et venues dans la petite pièce, cherchant une explication à ce qui s'est passé. S'est-il fait doubler par le Gros Bouffi ? Va-t-il se faire éliminer ? Où a disparu Anatoli ?

À moins de mille kilomètres de là, Anatoli X., qui a vu deux hélicoptères s'envoler depuis sa cachette, pense à ce qu'il doit faire. Les agents de sécurité n'ont pas renoncé à le trouver, il les voit se rassembler non loin de la remorque pour fouiller les environs. Il va être temps de bouger.

Il glisse la tête hors de sa cachette, scrute la zone avec attention et sort une épaule. Pas de bruit autour de lui. Les environs ont l'air calmes. Anatoli X. sort le brumatiseur du trou et s'extirpe un peu plus. Il est quasiment hors de sa planque lorsqu'un bruit de pas se fait entendre à sa droite. Il ne réfléchit pas plus loin et se renfonce dans sa cache. Il saisit l'éléphant thaïlandais et essaie de le ramener vers lui lorsqu'une grosse patte velue le retient. Anatoli X. tire plus fort, la patte insiste. De son trou, l'espion ne voit rien. Il risque un œil et se trouve face à face avec un ourson à la mine adorable et aux griffes acérées. S'il lâche le brumatiseur, l'animal le mettra en pièce en jouant, aussi sûr que deux et deux font quatre. Il pousse de petits cris pour effrayer l'ourse qui ne s'en préoccupe pas le moins du monde. Le papier irisé qui entoure son nouveau jouet est bien trop excitant. L'espion ne peut pas laisser les choses empirer. Qui dit ourson dit maman ourse, et celle-ci ne doit pas être loin. Il est temps de mettre les voiles avant que la mère ne montre le bout de son nez, et au-delà, sa gueule féroce. Anatoli X. pousse donc l'éléphant devant lui, renonçant momentanément à sa possession. Il sort le plus rapidement qu'il le peut de son trou et saute sur la jeune ourse en espérant bénéficier de l'effet de surprise. C'est bien ce qui arrive. Apeurée par l'apparition d'un humain, celle-ci renonce à son jouet et s'enfonce dans les fourrés.

Anatoli X. vérifie fébrilement l'état de son arme éléphantesque et regarde en direction de la route. C'est la solution la moins risquée pour lui. Les hommes, il peut s'en accommoder et les combattre, pas les ours. Surtout sans son arme, restée elle aussi quelque part dans la remorque. Il fait trois pas avant de remarquer qu'un groupe d'hommes armés vient vers lui, mais heureusement, ils ne l'ont pas repéré. Il s'apprête à faire demi-tour quand un pas plus lourd pèse derrière lui. Anatoli X. se retourne lentement, très lentement… et fait face à une maman ourse bien décidée à reprendre le jouet de son bébé.

Il baisse le haut de son corps en signe de soumission, évite de la regarder dans les yeux, recule d'un pas, puis de deux. L'ourse ne bouge pas. Son bébé dans les pattes, elle semble ne vouloir que le faire déguerpir de son territoire. Anatoli fait un troisième pas précautionneux dans les fourrés lorsque la trompe de l'éléphant brumatiseur se prend dans une branche et fait crisser le papier emballage. L'oursonne en frissonne de plaisir. Quittant le ventre doux et protecteur de sa mère, elle file tout droit sur l'éléphant. Le reste est l'affaire d'une demi-seconde : Anatoli tire sur l'éléphant, l'oursonne (appelée Grrr Grrr bbbe par sa mère, mais tout le monde s'en fiche, évidemment, du nom des ours sibériens) mord le papier, en arrachant sur le coup un énorme morceau avec lequel elle jouera quatre jours avant qu'il ne soit trop déchiqueté et qu'elle l'abandonne, la maman ourse saute en direction de l'humain… Qui ne demande pas son reste, courant vers l'aéroport avec les diablesses aux trousses.

En face de lui, le groupe de gardes voit d'abord un homme vert surgir de la forêt, suivi d'un ourson pris d'une rage étrange car sa bave argentée brille au soleil, puis d'un ours géant qui charge en bondissant. Le plus âgé des agents spéciaux de Kovar tire en l'air, ce qui arrête les ours, mais pas l'homme qui porte un truc bizarre sous le bras. « Quel genre d'homme ne lâche pas un paquet lorsqu'il est attaqué par des ours ? » se demande-t-il. L'homme court vers eux, fuyant toujours les animaux pourtant arrêtés. Il se jette littéralement dans leurs bras, n'ayant pas d'autre option.

— Qui êtes-vous ? demande le capitaine des gardes. Et pourquoi vous êtes tout vert ?

— Heu… je suis le propriétaire de la remorque. Je la poussais tranquillement sur le chemin lorsque j'ai été attaqué par des ours. Je me suis d'abord caché, mais ils m'ont retrouvé. Eh bien messieurs, je vous remercie de m'avoir sauvé. Ce n'est pas que je m'ennuie, mais j'ai de l'herbe à composter.

Et Anatoli X. les salue avec aplomb en tournant les talons.

Il a parcouru une dizaine de mètres lorsqu'un des gardes l'interpelle :

— C'est quoi ce truc que vous portez ?

— Ça ? fait l'espion en se retournant. Ce n'est rien. Rien qu'un éléphant de poche, c'est un samovar. Voyez, on verse le thé par l'ouverture dans le dos et on le sert avec la trompe. Super, non ? Allez, je vous laisse. À la reverdure, heu non, revoyure !

— Vous ne prenez pas votre remorque ?

— Ma remorque ?

— Oui, cette remorque est bien à vous ? dit le capitaine avec un sourire malin.

— Bien sûr, bien sûr. Mais toutes ces émotions m'ont fatigué, je reviendrai la prendre plus tard si vous le permettez.

— Nous ne permettons pas. Monsieur, je vais vous demander de bien vouloir me suivre. Une petite vérification… On m'a prévenu qu'un homme avait surgi d'une remorque remplie d'herbe. Si je vois bien, ceci est la remorque, et vous… vous êtes tout vert…

Le sbire du ministre essaie de fuir, mais il ne peut faire deux pas. On a beau être un super espion surentraîné, on ne peut généralement pas lutter contre la garde personnelle d'un chef d'État.

— Anatoli X., je suppose ? demande le chef des gardes.

— Pas du tout. Je ne dirai rien.

— Libre à vous, c'est votre choix. Et je crois que cet éléphant ne vous appartient pas. Je le confisque. Emmenez-le à la prison de Iakoutsk, je m'occuperai de lui plus tard.

Anatoli est emmené menottes aux poignets et notre valeureux capitaine se dirige vers l'aéroport, où il monte dans le dernier hélicoptère disponible pour s'envoler avec le précieux brumatiseur vers Deputatsky où une comédie des plus étranges se joue.

CHAPITRE 16 :
Où la situation devient critique.

Une fois hors de vue des prisonniers, Le Gros Bouffi dégonfle curieusement : des pieds supplémentaires sortent du manteau et une seconde tête en perce l'encolure. Kir ouvre le pardessus et détache le harnais qui maintient Kolya sur son ventre.

— Tu as trouvé comment ma voix ? demande le jeune homme à son cousin.

— Pas trop mal, mais à un moment, tu as parlé très aigu, non ?

— Oui, ce doit être au moment où tu m'as écrasé les testicules ! Et essaie de ne pas trop gigoter quand je marche, j'ai failli tomber plusieurs fois.

Les deux Évènes rejoignent le reste de la troupe. Boris mange un bout, engoncé dans son faux costume bourréen. Indiana a enfilé une tenue traditionnelle bien Évène cette fois, et elle va mettre sur sa tête le chapeau qui lui a causé tant de déconvenues lors de son premier séjour à Bimndin. Il va devoir supporter le poids non plus d'un rongeur, mais de deux, Vladimir et Oustina refusant visiblement de faire quoi que ce soit séparément.

— Le repas est prêt, tu pourras aller leur porter dans une petite demi-heure. J'ai eu le capitaine Groutchek par radio, ils ont capturé Anatoli X., l'espion de Noukarov et trouvé le brumatiseur. Il sera bientôt là. Le plan se déroule parfaitement.

— C'est vrai, tout se passe presque comme prévu. Il faudrait tout de même que Noukarov n'approche pas trop du Gros Bouffi, il le connaît et il pourrait se douter de quelque chose !

— Ne t'inquiète pas, tout ira bien si l'on s'en tient au plan. Quelqu'un sait où a disparu Féodor ?

— Il est ici, lance la voix rieuse de Lana. Je fais quelques retouches à son costume, il est un peu trop petit pour lui et une couture a craqué !

— Si tu te montrais ? demanda Boris. J'ai hâte de voir à quoi ressemble un espion, nouveau conseiller du Gros Bouffi !

Et Féodor, passant à nouveau de son identité à celle de l'agent spécial Viktor Nogoff, s'apprête à offrir à ses camarades un petit défilé digne du magasin Goum.

— Ne riez pas les amis, c'est le costume que je portais pour le mariage de ma sœur. J'ai dû prendre un peu de poids depuis… dit Féodor en entrant dans la pièce.

Il est beau comme un premier communiant de deux minutes dix. Costume sombre, chemise blanche, cravate noire. Et, sur la veste, une magnifique meule de fromage délicatement brodée par Lana. L'heure avance et il est temps pour Indiana de jouer son petit rôle. Boris lui donne le plateau-repas pour les prisonniers, elle met son chapeau sur lequel viennent se blottir les deux rongeurs en une fourrure des plus seyantes, puis sort en direction de la cabane transformée en prison.

À l'intérieur, Alexandrei se ronge toujours les sangs, incertain de ce que le Gros Bouffi veut faire de lui. Kovar n'a pas bougé, assis le dos droit comme un I sur sa chaise. La porte s'ouvre sur une Indiana endimanchée. Si la robe Évène lui va divinement bien, elle avance précautionneusement à cause d'un champ de vision rendu limité par son chapeau trop large et la queue de la zibeline qui va et vient devant son nez, la chatouillant terriblement. Elle a tout d'une petite bonne femme prise en otage par de dangereux militaires. Indiana atteint la table où elle dépose le plateau. Kovar lui montre ses mains liées dans le dos. Dans le plan original, elle doit juste entrer et sortir de la pièce, le temps d'y déposer Vladimir et Oustina. Mais la fuite à Iakoutsk d'Anatoli a engendré un retard considérable et ils doivent improviser, afin que le brumatiseur arrive.

« Je vais vous aider à manger, l'un après l'autre. Je ne vous détacherai pas. »

Et Indiana, jeune périgourdine perdue au milieu de la toundra sibérienne, donne la becquée au président russe et à l'un de ses ministres. Elle vient de retirer la dernière cuillère de la bouche de Noukarov, lorsque le bruit d'un hélicoptère encore lointain leur parvient. C'est le moment pour elle de partir. Elle ramasse le plateau, laisse une bouteille d'eau percée d'une paille à disposition du président et éternue fortement. C'est le signal pour que le cochon d'Inde et la zibeline descendent de son couvre-chef et accomplissent leur part. Vladimir et Oustina, qui s'ennuient sur la relative hauteur où ils sont perchés, ne se font pas prier et se glissent sur le plancher. Indiana fait mine de ne rien avoir remarqué et sort rapidement.

— Vous avez vu ? dit Noukarov.

— Vu quoi ? répond Kovar.

— Eh bien, il y a des bêtes qui viennent de descendre du chapeau de la fille ! Pour sûr que ce sont des animaux empoisonnés. Ils vont nous mordre et on va mourir dans d'atroces souffrances. Il faut faire quelque chose. À l'aide !

— Bon Dieu, quel pleutre vous faites ! Si j'avais su, je ne vous aurais jamais emmené. Regardez plutôt qui nous avons là… Ce sont deux simples rongeurs. Ils ne sont pas dangereux. D'ailleurs, ils pourraient même nous être très utiles. Présentez-leur vos poignets. Ils devraient adorer la corde.

— Vous êtes complètement fou ? Ils vont me dévorer la peau et je vais me vider de mon sang. Faites-le vous-même.

Vladimir le cochon d'Inde se frappe le front de sa patte de devant en secouant la tête : cet humain est décidément trop idiot. Chacun sait que les cochons d'Inde sont de stricts herbivores. Manger de la viande, pourquoi pas des rognures d'ongles tant qu'on y est ? Ce type est stupide est dégoûtant.

— Alexandrei Noukarov, ceci est un ordre formel : présentez vos poignets aux rongeurs.

Le ministre s'exécute de mauvaise grâce. Vladimir s'approche, renifle un peu, chatouille de ses moustaches la peau de l'infortuné Alexandrei qui sursaute. Ça amuse beaucoup le rongeur qui recommence. Il se met à grignoter la corde, bientôt rejoint par Oustina. Quelques minutes suffisent pour libérer le ministre.

— À mon tour maintenant, dit Kovar.

— Sûrement pas ! Vous, vous restez là. Je suis libre !

Noukarov se précipite sur la porte, qui est bien sûr fermée à clé.

— Non non non non non ! Je veux sortir, laissez-moi sortir ! Je veux parler au Gros Bouffi. C'est Alexandrei Noukarov, je suis son ami. Que quelqu'un lui dise que je suis là. J'ai ce qu'il cherche, c'est en chemin, dit-il en secouant la poignée de la porte qui pourtant ne lui a rien fait.

— Qu'est-ce que c'est que ce tintamarre ? dit une voix bientôt suivie du corps massif de Féodor, quand la porte s'ouvre.

— Viktor Nogof ! Je vous reconnais. Vous me reconnaissez aussi, je suis Alexandrei Noukarov, on s'est vus à l'aéroport. Je vous ai confié une lettre...

Le ministre baissa la voix :

— ... pour Vous savez Qui qui est ici.

— Ministre Noukarov. Si j'avais su ! Sortez de là immédiatement, et suivez-moi. Je vois que vous avez changé vos plans, vous avez réussi à nous amener Kovar. C'est le Gros Bouffi qui va être content !

— Oui oui, ben chut, parlez moins fort tout de même, on ne sait jamais ce qui pourrait arriver... Les murs ont des oreilles, dit-il en désignant son président.

— Bien sûr, je comprends. On y va, on y va.

Et Féodor, ayant troqué son identité contre celle de l'agent spécial Viktor Nogoff, comme l'atteste son badge dûment placé sur son uniforme bourréen, fait sortir le ministre de la cabane, laissant Kovar seul avec les deux rongeurs.

Pendant que cette petite comédie se joue, l'hélicoptère attendu s'est posé et le capitaine Groutchek a remis l'éléphant thaïlandais à notre fine équipe. L'équipage s'est ensuite mis en stand-by dans une des maisons du village, avalant de belles bouchées de viande de renne au yaourt salé, une spécialité de la région.

Lorsque Féodor a quitté la hutte centrale, Kir et Kolya ont échangé leurs rôles, le plus jeune des deux garçons étant décidément plus léger. Kolya prend la tête, et Kir fait le ventre. Ah-Reum et Min-Ho sont prêts dans leurs mini-costumes de soldat.

Alexandrei, maintenant libéré, veut absolument voir le Gros Bouffi. Il doit s'assurer de sa sécurité car, on le sait, les dictateurs respectent fort peu souvent leur parole. Il presse donc Féodor de l'emmener au plus vite voir le tyran.

— Je crains que cela ne soit guère possible, dit le faux factotum. Le Gros Bouffi entame une expérience. Vous devrez regarder de loin. Vous le verrez après, mais il se réjouit de votre présence.

— Ah, très bien, très bien, dit le ministre un peu rassuré.

Viktor-Féodor amène Noukarov dans une pâture à la sortie du village. Au milieu de celle-ci se tient une petite cabane devant laquelle deux malheureux soldats sont postés, visiblement morts de peur, à côté du Gros Bouffi. Heureusement pour les protagonistes de cette affaire, la scène se déroule suffisamment loin du ministre pour que celui-ci ne puisse clairement distinguer leurs traits.

— Regardez, ça va commencer. Et le ministre regarde.

Un soldat portant un masque à gaz traverse la prairie, tenant à bout de bras l'éléphant en céramique violette. Arrivé à la cabane de bois, il ouvre la porte et disparaît un instant. Lorsqu'il ressort les bras vides, le faux Gros Bouffi fait un signe de bras magistral pour intimer aux deux malheureux soldats d'entrer à leur tour dans la hutte. Ceux-ci, résignés, baissent la tête et pénètrent dans la maisonnette. Le Gros Bouffi met (avec un peu de difficulté quand même) son masque à gaz et tout le monde attend. Au bout de quelques minutes, une épaisse fumée sort de la bicoque par la cheminée et un énorme bang retentit. Le ministre Noukarov est si saisi qu'il en fait un bond.

Le soldat ayant apporté l'éléphant ouvre la porte puis recule vivement. La fumée qui a rempli toute la cabane se dissipe par la porte ouverte et deux minuscules soldats en sortent. Ils poussent de hauts cris qui parviennent au ministre, et ce dernier serre le bras de Viktor-Féodor. Ils ne sont pas plus hauts que trois pommes !

— Ça marche !

— Oui, ça a l'air. Ils sont vraiment petits.

— Qu'est-ce qui va se passer maintenant ?

— Aucune idée… Tout va dépendre du Gros Bouffi…

Le faux dictateur s'approche des deux mini-hommes une fois que la porte est refermée, contenant la fumée à l'intérieur. Il enlève son masque à gaz et se penche vers les soldats miniaturisés. Il se saisit de l'un d'eux, l'élève jusqu'à ses yeux, l'observe un instant. Il sort une tranche de fromage de sa poche gauche, la pose sur la tête du malheureux Ah-Reum, car c'est bien lui, puis très lentement, il lève le bras au-dessus de sa tête, ouvre grand la bouche et le lâche. Le ministre ne peut regarder. Il met précipitamment la main devant ses yeux et tourne le dos à la scène horrible qui se déroule devant lui. Féodor rigole en douce : de là où ils sont postés, l'illusion est parfaite. On dirait vraiment que Kolya vient d'avaler le petit Bourréen. Profitant du fait que le ministre ne regarde pas, Ah-Reum et Min-Ho se glissent dans une des poches du vieux pardessus noir du mari de Lana.

— Ne me dites pas… dit le ministre, horriblement choqué, à Féodor.

— Je ne vous le dis pas, mais le deuxième vient de subir le même sort. Je n'ai jamais rien vu de plus dégueulasse de ma vie, et pourtant, j'en ai vu des choses horribles.

— Je vais vomir…

— Vous avez raison, il aurait pu les faire cuire au moins !

— Vous êtes… dégoûtant.

— Pas moi, mais le Gros Bouffi, lui, c'est certain !

Le ministre Noukarov ose enfin lever les yeux. Il n'est plus sûr du tout de vouloir approcher le Gros Bouffi.

Reste la partie la plus délicate à jouer. Il faut obliger le ministre à se dévoiler entièrement et à dénoncer, le cas échéant, ses éventuels complices.

Viktor laisse le ministre à son dégoût au bord du pré et se dirige vers le faux Gros Bouffi. Ils échangent quelques mots, puis il revient.

— Le Gros Bouffi vous verra dans quelques instants dans le village. Il doit se nettoyer un peu et surtout, il semble qu'il ait du mal à digérer l'une des chaussures des soldats. Elles sont certainement trop cirées, il doit prendre un antiacide. S'il a des aigreurs d'estomac, il risque d'être encore moins commode que d'habitude. Je vais vous emmener, Tatiana vous attend.

— Ah, la délicieuse Tatiana Taromcha. Très bien, très bien. Je vous suis.

Et les deux hommes retournent au village, non sans que le ministre frissonne devant la cabane où Kovar est toujours « prisonnier ». Noukarov ne peut s'empêcher de penser au sort funeste qui attend son président. En réalité, celui-ci a rejoint la maison de la chamane du village où il s'est tapi, bien caché de tous, mais l'oreille aux aguets. Celle-ci a été choisie entre toutes pour son ambiance un peu étrange et le petit laboratoire où le grand Vladimir est caché, afin de pouvoir écouter les révélations de son ministre bientôt déchu.

Indiana, en fausse Tatiana Taromcha, a échangé sa robe Évène contre une tenue d'espionne composée très simplement d'un tailleur-pantalon prêté par la maman de Féodor, et attend aussi dans la cabane de la chamane. Indiana répète son texte. Sa mission est d'interroger le ministre et de recueillir ses aveux complets avant l'arrivée du faux Gros Bouffi. En effet, les deux jeunes Évènes ne parlent pas un mot de bourréen, ce qui n'est pas le cas du ministre Noukarov. Il faut éviter à tout prix que ces deux-là s'approchent l'un de l'autre et se parlent. Indiana va devoir jouer finement. Juste avant leur arrivée, Boris, toujours déguisé en soldat bouréen, lui apporte le brumatiseur éléphant, qu'il pose sur la table.

CHAPITRE 17 :
Où le ministre parle.

Viktor abandonne le ministre Noukarov aux mains d'Indiana, alias Tatiana Taromcha. Elle s'assied silencieusement sur un tabouret de bois clair.

— Vous êtes bien Tatiana Taromcha ?

— Bien sûr. Nous nous sommes vus à l'aéroport. Vous ne vous souvenez pas ?

— Si. Puis-je me permettre de vous dire que je vous trouve très jolie ? Dans d'autres circonstances, je vous aurais bien proposé une coupe de champagne, mais perdus dans cette toundra, je crains de ne rien pouvoir vous offrir de mieux que ma compagnie.

— Vous êtes très galant, monsieur le ministre.

— Si j'osais, Viktor et vous… ?

Indiana est un peu surprise de la tournure des évènements, mais se rend compte qu'elle peut tirer avantage de la situation.

— Viktor et moi ? Nous sommes collègues, c'est tout.

— Ah, très bien, très bien…

Le ministre se rapproche. Il remarque le brumatiseur et le touche du bout du doigt. Il tient néanmoins à laisser de la distance entre cet objet de malheur et lui, au cas où un reste de fumée en sorte.

— Vous savez que grâce à cet éléphant, je serai dans peu de temps l'homme le plus puissant de la Russie ?

Du moins, si le Gros Bouffi me laisse en vie, pense-t-il.

— Ah bon ? minaude Indiana.

— Cela me semble évident !

— Si vous le dites, je ne peux que vous croire. Mais comment allez-vous procéder pour devenir cet homme si puissant ?

— Ah ça, jeune demoiselle, je ne crois pas qu'une simple femme puisse comprendre un plan comme le mien. Pensez-vous ! Cela fait des mois, que dis-je, des années que je me prépare à prendre le pouvoir. Malheureusement, tant que Kovar est en place, je ne peux rien faire.

— Et que feriez-vous à sa place ?

Alexandrei Noukarov prend ses aises.

— Voyez-vous, notre président est un tyran. Un odieux personnage. Il est de la vieille école et n'a pas su s'adapter à notre monde moderne. Oh, bien sûr, on ne peut pas le lui reprocher, mais la Russie, notre belle nation, a besoin d'un sang nouveau et d'être dirigée d'une façon novatrice.

— Il y a du vrai dans ce que vous dites, répond malicieusement Indiana imaginant Kovar, toujours caché dans le petit réduit contigu, obligé de se taire et d'encaisser.

— Kovar ne connaît que la répression. Il n'est d'ailleurs pas très discret dans sa façon de faire, ce qui lui vaut les foudres de la presse mondiale. Nous devons changer tout cela.

— Par la mise en place d'élections libres et d'une plus grande autonomie ? Cela me semble être une bonne idée. Les Russes vous en seraient reconnaissants, je n'en doute pas.

— Des élections libres ? Vous êtes folle à lier ! Voilà pourquoi les femmes sont inférieures aux hommes… La liberté est une illusion. Je propose plutôt de remplacer le vieux système par quelque chose de plus subtil. En apparence, donner plus de libertés à nos compatriotes, afin de mieux les contrôler. Il faudra remplacer tout le gouvernement par un conseil de sages non élus. Je serai à la tête de celui-ci, disons… pour une dizaine d'années. Le temps que les gens comprennent pour qui ils devront voter… plus tard.

— Vous voulez faire un coup d'État tout seul ?

— Un coup d'État, comme vous y allez !

— Je ne vois pas bien comment appeler ça autrement.

— Non, vous n'y êtes pas, aucunement besoin d'un coup d'État. Il me suffit de provoquer une vacance du pouvoir.

— Une vacance ?

— Vous m'avez l'air d'une fille intelligente. Pas autant que moi qui suis un homme et fatalement supérieur, mais pas bête. Imaginez…

Le ministre se tait un moment, le regard flou perdu dans son projet. Indiana tousse.

— Oui oui, j'y suis, ajoute le ministre. Voyez-vous, Kovar est en ce moment même enfermé quelque part dans ce village. Il a comme qui dirait disparu des écrans radars. Nous pourrions tout simplement l'éliminer, mais son corps poserait toujours problème. Je connais le capitaine de ses gardes, le fameux Groutchek : si on éliminait Kovar, ce type ne lâcherait jamais l'affaire, et il finirait par retrouver son corps. Et puis, je répugne définitivement au meurtre. Par contre, une transformation…

— Je ne vois pas très bien quelle serait la différence pour Groutchek ?

— Je sais bien que vous ne voyez pas, jolie donzelle, vous n'êtes qu'une femme. Et comme toutes les femmes, vous avez besoin d'un homme pour vous éclairer… dit le ministre, en se rapprochant dangereusement d'Indiana.

La jeune femme effectue une manœuvre de retrait qui la place malencontreusement dos au réduit dans lequel se cache Kovar. Heureusement, les ardeurs amoureuses de Noukarov se perdent dans son délire mégalomane et il recule pour mieux expliquer.

— Si je pouvais disposer, par exemple, d'une invention, oui, d'une invention qui réduirait la taille des choses et aussi des personnes, cela ferait de moi quelqu'un sur qui l'on doit compter, non ?

— Heu, eh bien, je pense, oui.

— Donc, si je pouvais réduire les gens à une toute petite taille, d'environ vingt centimètres, ceux-ci ne seraient plus en état de travailler, vous êtes d'accord avec moi ?

— Non, pas vraiment. Cela ferait d'eux des humains de toute petite taille, mais cela n'enlèverait rien à leurs capacités intellectuelles. Être grand ne signifie pas être malin. Regardez-moi ! Je suis toute petite, mais je suis universitaire, alors que Samantha Fix, qui est grande, elle est juste shampouineuse.

— Cela ne compte pas, vous êtes des femmes. Je vous parle de mecs, de vrais, avec des poils et un cerveau.

Indiana doit prendre sur elle pour ne pas éclater. Cet Alexandre Noukarov est vraiment un idiot doublé d'un misogyne. La jeune femme respire un grand coup en se remémorant sa mission.

— Pour faire court, reprend le ministre félon, si je faisais réduire Kovar, ainsi que Groutchek, le président ne serait plus en mesure d'exercer son mandat. Je le ferais hospitaliser dans un lieu « secret-défense » sous prétexte d'entamer des soins et des recherches pour lui redonner une taille normale. Puis, comme je vous l'ai dit, si vous êtes capable de vous en souvenir dans votre toute petite tête de jolie bonne femme aux fesses agréablement rebondies... Ah, vos jolies fesses rondes... Puis je demanderais au gouvernement de me nommer à la tête d'un conseil des sages. J'ai en ma possession une attestation signée par un illustre médecin, que j'ai contraint par un léger chantage, déclarant qu'en perdant sa taille, le président Kovar a aussi perdu la raison. Qu'il doit être interné pour des problèmes psychiatriques liés au traumatisme de son rétrécissement ! Et cet éléphant oui, celui-ci, dit-il en montrant le brumatiseur posé sur la table, c'est mon arme. Je vais l'appeler… « Zakhvatie Vlasti ». « Prise de Pouvoir ».

— C'est bien imaginé, dit Indiana.

— Je ne vous le fais pas dire, ma belle…

Noukarov se dirige vers l'âtre éteint et frissonne. Voulant sans doute ajouter un effet dramatique à sa révélation pour impressionner Indiana, il frotte une allumette et la jette sur le petit fagot de bois, qui s'enflamme tout de suite. La fumée monte dans la cheminée et il ouvre la bouche.

On y est. La question qui va suivre est cruciale. Indiana va enfin savoir si le ministre agit seul ou s'il y a d'autres traîtres dans le gouvernement. Évidemment, Indiana n'est pas la seule à écouter. Il y a non seulement le président Kovar, on le sait, caché dans le petit réduit, mais aussi une foule d'oreilles attentives, qui se presse à la porte et aux fenêtres. Féodor, Boris, Groutchek et Lana se collent à la porte. À une fenêtre, on peut voir Kir et Kolya, toujours grimés en faux dictateur. Min-Ho, Ah-Reum, Vladimir le cochon d'Inde et Oustina ont quant à eux eu la mauvaise idée de se glisser dans le conduit de la cheminée afin de mieux entendre, puisqu'aucune autre ouverture n'est disponible.

— Vous êtes le seul à la tête de ce complot ? demande Indiana. Pas d'autre personne qui pourrait revendiquer la paternité de ce coup d'État ?

— Pourquoi voulez-vous savoir ça ?

— Eh bien… Si vous devenez l'homme le plus puissant de la Russie, on pourrait envisager…

Alexandrei Noukarov voit très bien ce qu'elle pourrait envisager. Et la chose lui plaît beaucoup. Jusque là, il n'avait vu dans la prise de pouvoir qu'une opportunité de devenir riche, très riche. Mais lorsqu'il voit Indiana, alias Tatiana, se couler vers lui en dandinant des hanches, il réalise qu'il va obtenir beaucoup plus que des richesses : il aura le pouvoir. Le fameux sex-appeal des puissants !

Il s'approche dangereusement de la jeune fille, l'enlace d'un bras et, prenant une pose qu'il imagine magistrale, il dit enfin :

— Si le Gros Bouffi tient ses engagements, je serai le seul à savoir ce qui s'est passé. Avec Viktor et toi, nous allons mettre la Russie à genoux !

Et il approche sa bouche à l'haleine chargée des lèvres d'Indiana, qui ferme les yeux en attendant le baiser répugnant qui s'annonce. Mais à l'instant précis où il va la toucher, une bombe atterrit dans la cabane. C'est une boule constituée de deux tout petits hommes et de deux rongeurs aux poils légèrement roussis. Celle-ci percute le fagot de bois enflammé qui s'éparpille dans la pièce avant de rouler sous la table, où elle disparaît. Le ministre relâche son étreinte lorsqu'une main de fer le saisit au bras. C'est Kovar, sorti du réduit dans lequel il se cachait.

« Alexandrei Noukarov, vous êtes en état d'arrestation », dit le président.

Pris d'un sursaut de courage bien étonnant pour un pleutre pareil, le ministre se dégage et tente de fuir. C'est sans compter avec Min-Ho et Ah-Reum, bien décidés à lui faire payer leur séance de torture à Moscou. Les deux mini-hommes sautent sur les chaussures du ministre et grimpent à toute vitesse vers son corps. Oustina et Vladimir le cochon d'Inde ne sont pas en reste : ils se précipitent à leur tour sur l'infortuné comploteur et déchiquettent son survêtement à coups de dents et de griffes. Le ministre se débat de toutes ses forces, mais les huit pattes acérées combinées aux quatre petites mains et pieds qui le frappent de toutes parts ont raison de lui.

Groutchek et Féodor se ruent dans la pièce, suivis de près par Lana. Ils sont déterminés à se saisir du ministre, mais en sont dissuadés par les assauts furieux des petits êtres qui courent sur le corps de celui-ci. Au bout de quelques instants, fort longs pour Alexandrei Noukarov, la tempête se calme et le capitaine des gardes peut enfin passer des menottes bien méritées au traître, piteux dans son survêtement déchiré de partout. Ils l'emmènent dehors. Kovar et Indiana restent seuls dans la cabane.

— Tu n'as rien ? Il ne t'a pas touchée au moins ?

— Plus de peur que de mal, j'ai bien cru que j'allais devoir le laisser m'embrasser, mais nos amis sont tombés – c'est le cas de le dire – à pic.

— Dis-le-moi s'il a osé... Je vais le...

Indiana l'interrompt.

— C'est inutile, il ne s'est rien passé. Je suis saine et sauve.

Le président de la grande Russie ne réussit plus à retenir son émotion. Cet homme si peu enclin aux démonstrations affectives prend Indiana dans ses bras et la serre très fort contre lui.

CHAPITRE 18 :
Où les rongeurs deviennent des héros.

Une fois leurs succès dûment fêtés, les amis reprennent le chemin de Iakoutsk, sauf Kir et Kolya. Les deux jeunes hommes se languissant de leurs promises, Boris décide de leur accorder une journée de congé avant de retourner travailler en ville pour gagner l'argent nécessaire à la reconstitution de leur troupeau. Lana et Féodor, un peu soulés par trop de vodka, ronflent de concert, les deux Bourréens sur les genoux. Indiana s'est abstenue de trop boire, mais s'est gavée de pirojkis aux baies nordiques, ces airelles surettes mêlées aux canneberges dont elle raffole. Elle somnole en regardant le soleil se coucher.

Kovar, lui, caresse distraitement la fourrure douce des deux rongeurs, Vladimir ayant décidé que son homonyme était son nouveau meilleur ami et Oustina trouvant qu'il n'y a rien de mieux qu'un président comme coussin.

Lorsqu'ils atterrissent deux heures plus tard sur le tarmac de l'aéroport de Iakoutsk, ils sont tous juste bons à mettre au lit. Sauf Kovar, évidemment, qui ne dort jamais vraiment. Il annonce à ses compagnons fatigués qu'il les reverra dans quelques jours. Il doit retourner à Moscou où les affaires de l'État l'appellent. Il les serre tous d'une accolade virile et les envoie prendre du repos bien mérité.

Une fois n'est pas coutume, Indiana est la première réveillée. Depuis sa chambre, elle peut entendre les ronflements de Lana, qui dort encore. La jeune femme se lève et regarde le soleil déjà haut dans le ciel – il n'est pourtant que cinq heures du matin – et sort profiter d'un instant de calme sous le porche de la maison. Elle a délicatement poussé ses compagnons à quatre pattes qui dorment toujours, juste en dessous du samovar, pour se servir un thé. Vladimir est même couché sur le dos, pattes écartées et gueule grande ouverte sous le robinet, espérant sans doute continuer à profiter du divin breuvage si, par hasard et bonheur, une goutte en tombait durant la nuit. Les petits Ah-Reum et Min-Ho dorment encore, eux aussi, dans un tiroir ouvert que Lana a bordé de serviettes douces comme des pétales de rose.

Indiana est sous le porche et contemple le magnifique paysage que lui offre la Sibérie. Elle se demande ce qu'elle va faire, maintenant. La zibeline a été retrouvée en un temps record et le président lui ayant assuré qu'elle pourrait sans encombre prendre un vol pour la France avec ses animaux, elle a plus d'une semaine devant elle pour visiter la région. Samedi, elle poussera jusqu'au lac Baïkal avec Féodor. Ils y passeront le week-end et prendront l'avion pour Irkutsk. Les rongeurs resteront avec Lana, qui est ravie de s'en occuper un peu. Elle espère qu'ils l'aideront à débusquer les souris de la ferme. *Vaste programme*, se dit Vladimir en souriant à cette idée, même s'il n'a pas la même idée que Lana sur la question. En attendant, elle savoure l'instant.

Peu avant de partir pour son week-end au plus beau des lacs d'après Féodor, Lana reçoit un appel du Kremlin. Ils sont tous attendus le mardi suivant pour une visite de Saint-Pétersbourg, qu'aucun des amis n'a jamais visitée et que le président connaît bien, et pour cause, puisque c'est sa ville natale. Ils sont tous emballés, d'autant plus que c'est l'un des avions présidentiels qui assurera la liaison spéciale entre Iakoutsk et l'ancienne ville de Leningrad. Lana a toujours rêvé de voir le Musée de l'Ermitage et elle espère bien en avoir une visite privée. C'est sur cette bonne nouvelle qu'Indiana et Féodor s'envolent vers le lac Baïkal, où ils passent un week-end des plus animés en découvrant le merveilleux site. Durant leurs splendides balades, Indiana est très étonnée de réaliser qu'il y fait déjà très doux. Ils ont beaucoup de chance, car la température dépasse même les vingt degrés, ce qui rend leurs randonnées encore plus appréciables. La surprenante beauté du tapis de fleurs qui recouvre les environs n'est même pas altérée par la présence, ça et là, des quelques tentes de campeurs courageux. Le soir, les deux compères profitent des magnifiques installations hôtelières, et Indiana remporte un franc succès au karaoké avec son interprétation mâtinée de français de « Changement », le tube de l'icône du rock des années 80 Victor Tsoi.

De retour à Iakoutsk, elle profite de ses derniers jours en République de Sakha pour visiter la région et faire le plein de produits régionaux dont elle se délectera en France. Elle emporte notamment un énorme pot de miel aux saveurs si délicatement sucrées qu'on croirait avaler de la douceur liquide.

Le mardi arrive bientôt, et avec lui, le départ de la troupe, qui se reforme pour l'occasion.

L'avion se révèle très confortable. La petite bande est composée d'Indiana, Lana, Féodor, Ah-Reum, Min-Ho, Kir, Kolya et bien évidemment des deux rongeurs Oustina et Vladimir. Ils se gavent de caviar, servi par de charmantes hôtesses et boivent du fameux champagne de Crimée, le roi des vins russes.

Lorsque l'appareil se pose à l'aéroport, un comité d'accueil les attend. Ils sont reçus comme des princes et conduits dans le meilleur hôtel de la ville, où ils bénéficient chacun d'une suite. Lana est ravie : sa chambre est presque aussi grande que toute sa maison et elle se précipite dans l'immense baignoire, pour y nager un cent mètres brasse coulée. Il est prévu que des guides les emmènent faire une première visite *by night* de la Venise du Nord.

La soirée se déroule merveilleusement et les réverbères illuminent parfaitement la perspective de Nevski. Ils se quittent après un excellent repas en prenant rendez-vous le lendemain matin à huit heures pour une visite privée du musée de l'Ermitage : Lana est aux anges. Mais de Kovar, point. Les aurait-il déjà oubliés ?

Le lendemain, ils sont fin prêts. Oustina et Vladimir ont élu domicile dans les poches d'Indiana et ont promis avec leur regard plein d'innocence de se tenir convenablement au musée. Ils se mettent en route et passent deux heures bien fascinantes devant les œuvres de Matisse, du Caravage ou de Kandinsky. Les Bourréens et Iakoutes se montrent particulièrement enthousiastes devant la collection d'art des Scythes, part intégrante de la culture de la Sibérie du Sud. Cette culture nomade originaire de l'Altaï, vieille de plus de deux mille huit cents ans, commerçait à la fois avec les Européens et les Chinois. Leurs réalisations sont principalement de merveilleuses pièces de bronze animalières, et certaines sont si délicatement ouvragées que Lana en est bouchée bée, mais ce sont surtout les bijoux et les nombreux artefacts en or qui les fascinent le plus.

Leurs guides leur proposent un en-cas avant de partir vers le musée Fabergé voir les riches productions de joaillerie dont les œufs sont devenus célèbres après qu'Alexandre III en ait offert un à son épouse à l'occasion des fêtes de Pâques. Après un déjeuner des plus revigorants, ils s'attellent à la visite du Kunstkamera, le musée d'ethnographie et d'anthropologies Pierre-le-Grand où ils sont effarés par les curiosités exposées comme le cœur et le squelette d'un géant de deux mètres vingt-sept et des fœtus d'enfants malformés. Tout cela leur tourne un peu l'estomac, même si heureusement la visite de la bibliothèque était plus reposante pour l'esprit. Enfin, leurs guides leur proposent de leur monter l'appartement de Dostoïevski où l'illustre auteur écrivit, enfermé la nuit dans son bureau, « Les Frères Karamazov ».

La journée se clôture par le musée zoologique. À dire vrai, Féodor en a un peu ras la casquette des musées. Lui qui préfère les grands espaces, il étouffe dans les salles confinées, même s'il reconnaît qu'il n'a jamais rien vu de plus beau, même à Paris. Cela dit, à Paris, ses visites culturelles se sont concentrées sur la Tour Eiffel, les Champs-Élysées et Pigalle, bien sûr. Demain, il espère avoir quartier libre pour aller voir le croiseur « Aurore », symbole de la révolution de 1917. C'est en effet cet insubmersible vaisseau qui aurait réalisé le tir à blanc donnant le signal aux révolutionnaires pour lancer l'assaut du palais d'Hiver, siège du gouvernement.

Une fois dans cet ancien entrepôt des douanes reconverti en musée, Indiana admire dans l'entrée le squelette de la baleine bleue posée au-dessus de sa tête. Elle laisse les deux rongeurs aller et venir à leur guise. Cette journée passée dans ses poches, certes grandes et confortables, a mis à mal la patience des deux animaux. Ils ont besoin de courir un peu et Indiana se dit, bien à tort, qu'ici ils ne pourront rien casser. C'est Vladimir Kovar en personne qui les accueille sous l'immense squelette suspendu de la baleine bleue.

Pendant ce temps, au sous-sol du musée, le gardien en chef fait ses adieux à son collaborateur Valery Hikse. Celui-ci part en vacances pour une semaine à Disneyland Paris. Dix ans qu'il économise pour emmener sa femme et ses deux enfants célébrer l'impérialisme américain à Paris et voilà qu'il gagne à la loterie ! Certes pas un montant énorme, mais qui lui permet enfin de voyager. Pour obtenir ces congés spéciaux, Valéry a dû trouver un remplaçant. En effet, il a déjà plus qu'abusé de vacances cette année, avec les trois mariages dans la famille de sa femme. C'est la condition *sine qua non* à son énième abandon de poste, et il ne lui reste plus qu'une journée pour trouver un remplaçant, chose qui s'avère plus difficile que prévu. Cela tombe bien, car son frère aîné Anatoli, employé d'ordinaire au ministère de l'Agriculture, est disponible pour la semaine et prêt à le relayer. Un vrai coup de chance ! Même si les deux frères ne sont pas proches, Valéry étale sa vie sur Facebook, et Anatoli le suit de loin en loin. C'est par ce biais qu'il l'a contacté la veille. Le gardien-chef est content, Valéry aussi, et même Anatoli, d'habitude si avare en sourires – sauf quand il joue (fort bien) de la balaKovar –, se fend d'une minuscule risette.

Les trois hommes viennent de terminer le grand tour du musée, qui est présenté à Anatoli. C'est le moment pour eux de se quitter : tout le monde doit partir. Une visite privée est attendue et un service d'ordre spécial va prendre le relais. Viktor, son nouveau patron, tend solennellement les clés de l'établissement à Anatoli, puis s'en va d'un pas pressé rejoindre son appartement, où sa jolie petite Nata l'attend. Nata, qu'il a trouvée au bord de la Neva attachée à un piquet et visiblement abandonnée aux portes de l'hiver, est sa nouvelle passion. Viktor a recueilli la petite chienne et il la cajole jalousement.

Anatoli Hikse, ou plutôt X. puisque c'est bien de lui qu'on parle, referme la porte de service sur les deux hommes. Il ne commencera officiellement sa journée que le lendemain, mais veut profiter du calme de cette fin d'après-midi pour réfléchir à son avenir. Il compte se balader un peu dans le musée une fois que celui-ci sera libéré de la visite privée.

Mais comment Anatoli X. se retrouve-t-il à Saint-Pétersbourg, lui qui est censé être aux mains de la FSB ? Revenons deux jours en arrière…

Attrapé par les gardes présidentiels à cause d'un concours de circonstances assez stupides, il s'était laissé emmener sans résistance vers Moscou. D'abord conduit dans les locaux des services secrets russes, il allait être déplacé vers une prison dont il ne pourrait sans doute jamais ressortir. Il se torturait les méninges pour trouver une solution lorsque la providence joua en sa faveur. Le fourgon qui allait l'emmener dans sa nouvelle geôle était conduit par Dmitrii et Gleb Aslanov, deux frères jumeaux grands amateurs de hockey sur glace. Ils avaient le physique de l'emploi : quasiment aussi larges que hauts et forts comme le chêne Dorokhveï aux douze racines, du conte biélorusse, dans le tronc duquel douze frères trouvent refuge afin d'échapper à un oiseau mangeur d'hommes. Bref, aucun salut à attendre de ce côté-là, la taille malingre d'Anatoli – malgré ses aptitudes au combat – et ses menottes lui interdisant de se mesurer aux colosses. Les bracelets, il en faisait son affaire : à dire vrai, ils ne tenaient déjà plus que pour la galerie. Pour l'évasion en elle-même, il allait devoir compter sur sa bonne étoile : Anatoli espérait crocheter la porte du fourgon pendant le trajet. Pour cela, il avait dissimulé – ne demandez pas où, vous ne voulez pas vraiment le savoir – un passe-partout qu'il avait pu récupérer à la faveur de son enfermement dans une sombre cellule.

La chance allait une fois de plus être de son côté : Gleb, joueur de hockey su glace remplaçant de l'équipe nationale, vétéran et pilier de l'équipe des « Taureaux de la Volga », avait eu un accident la veille. Lors d'un match amical contre les « Tigres aux dents de sabre de l'Oural », il y avait eu une grosse mêlée, tous les joueurs s'étaient castagnés : jusque là, rien d'inhabituel. Mais il avait eu le malheur de porter un coup bas au plus terrible des attaquants des Tigres qui avait profité quelques instants plus tard de l'inattention momentanée de l'arbitre pour le plaquer violemment au sol, avant de lui envoyer son patin dans la figure. Même une nature solide comme celle de Gleb n'avait pu résister au coup : il avait été assommé et souffrait d'une commotion cérébrale qui lui martyrisait la tête, notamment lors du transfert de leur prisonnier. Il claqua la porte du fourgon sur Anatoli, saisit ses clés puis, dérangé par la sonnerie à lui défoncer le cerveau de son téléphone portable, il oublia de fermer à clé.

Anatoli, lui, était aux aguets. Sagement assis dans le combi, il attendait d'entendre les clés tourner pour se débarrasser définitivement des menottes et commencer à crocheter la serrure. Or, rien ne vint. Pas un bruit. La camionnette pencha vers la droite quand Gleb prit place à l'avant, le monteur se mit en route et… était-ce possible ? La porte ?

Malgré sa fébrilité, Anatoli se retint le temps que le clapet de communication avec l'avant se soit ouvert puis refermé, comme c'était la procédure. L'espion compta. Un tournant à quatre-vingt-dix degrés, la sortie des bâtiments de la FSB. Un second vers la gauche, puis deux vers la droite. De longues minutes s'écoulaient et le fourgon était toujours, semble-t-il, pris dans les épouvantables embouteillages moscovites. Enfin, après un bon quart d'heure, le véhicule prit de la vitesse. Un premier ralentissement, puis un deuxième jusqu'à l'arrêt total après une longue ligne droite : le véhicule devait être arrêté à un feu rouge. C'était le moment ou jamais. Anatoli ouvrit la porte avec précaution, la poussa un peu et se glissa hors de la camionnette en prenant soin de se baisser, pour ne pas être visible depuis les rétroviseurs. Il se trouvait en pleine banlieue ; il avisa rapidement un antique bus dans lequel il sauta.

Anatoli avait rejoint l'une des planques dans lesquelles il cachait de l'argent, une arme, un faux passeport et de fausses plaques d'immatriculation puis était ressorti comme l'ombre qu'il était dans la nuit. Grâce à un smartphone à carte prépayée, il s'était connecté dans le but de contacter son frère à Saint-Pétersbourg afin de trouver chez lui un refuge temporaire et, de là, filer en Finlande par le premier bateau. La publication d'une annonce par un Valéry désespéré et cherchant un remplaçant pour la semaine était tombée à pic. Anatoli l'appela et ils convinrent qu'il arriverait le lendemain. Il se dirigea vers un parking sous-terrain et avisa un SUV Mitsubishi dont le capot était encore chaud. Garé à cet endroit en pleine zone résidentielle, il n'allait pas être déclaré volé avant le lendemain matin. C'était le temps qui lui serait nécessaire pour arriver à Saint-Pétersbourg. En homme de main professionnel, il changea les plaques, força aisément la porte, puis mit le moteur en marche aussi facilement qu'un enfant fait des bulles de savon. Le pass du parking était bien visible derrière le rétroviseur et il sortit sans encombre.

Il lui fallut près de huit heures pour arriver chez son frère, car il prit la précaution d'abandonner son véhicule dans la petite ville de Pouchkine, peu avant Saint-Pétersbourg. Il termina son voyage en bus, ensuite Valéry l'avait laissé dormir sur le canapé une bonne partie de la journée, trop heureux de pouvoir partir à Disneyland Paris grâce à lui.

Anatoli est donc, par un de ces hasards qui n'existent pas que dans les livres, à quelques mètres seulement de ceux qui l'ont fait enfermer. Cela, tous l'ignorent. Prévenu de l'arrivée des gardes privés, il se retranche dans une pièce cachée au sous-sol et réfléchit à son plan de fuite.

Au-dessus de lui, les retrouvailles des amis vont bon train. Ils parlent tous en même temps, racontent leur visite de la plus européenne des villes russes dans une ambiance bon enfant. Kovar emmène Indiana voir les mammouths sortis du permafrost et profite de ce moment pour lui parler.

— Indiana, tu m'avais demandé un test ADN.

— Je sais, pardon, Monsieur le Président, mais j'ai discuté avec Lana et finalement, vous avez raison. Je suis la fille de mon père, et mon père, c'est Ferdinand.

— Lana a raison, c'est bien Ferdinand. J'ai pris ta brosse et je l'ai envoyée dans un laboratoire pour analyser tes cheveux…

— Ah, après les arbalètes du Kremlin, vous piquez les brosses à cheveux des filles ? dit malicieusement Indiana.

— Ne ris pas, j'ai un peu honte. J'ai les résultats. Tu n'es pas ma fille.

Indiana se demande si elle doit être heureuse ou pas. Mais Kovar reprend tout de suite.

— Tu n'es pas ma fille et j'en suis heureux, car Ferdinand est un homme bien. Mais tu es tout de même la fille d'une femme qui était formidable et tu es aussi celle qui m'a aidé à déjouer un complot. De ça, je te suis redevable.

— Vous ne me devez rien, s'écrie Indiana. Ce que j'ai fait, tout le monde l'aurait fait.

— Je ne sais pas… Alors, amis ? dit le président en lui tendant la main.

— Amis, répond Indiana en l'embrassant sur les deux joues.

Plus loin, Féodor et les deux Évènes admirent Lisette, la jument empaillée de Pierre le Grand, tandis que les deux petits Bourréens sont à l'étage pour voir la magnifique collection d'insectes vivants. Les rongeurs ont disparu et Indiana espère qu'ils ne font pas de bêtises. Elle fait bien de s'inquiéter, car Vladimir et Oustina ont filé au-dessus de leurs têtes sur le squelette de la baleine. Il y a là de délicieuses odeurs de cordes anciennes qui font saliver les deux amis.

Par un escalier de service, Anatoli s'est déplacé jusqu'à l'étage. Il observe les vitrines contenant les insectes vivants et tombe nez à nez avec Min-Ho et Ah-Reum qui ne le reconnaissent pas tout de suite, à cause de son uniforme de gardien. Ils ne se méfient donc pas lorsque Anatoli approche. Lui, évidemment, les a reconnus tout de suite. Les Bourréens… Ces sales petites pestes ! Son sang ne fait qu'un tour. Il se saisit vivement des petits hommes et les fourre dans sa sacoche de gardien. Ils ont beau se débattre et appeler au secours, leurs cris sont étouffés par la prison de cuir dans laquelle ils sont enfermés.

Anatoli descend précautionneusement les escaliers : il y a des voix qui proviennent du rez-de-chaussée. Il ouvre deux boutons de sa veste pour se saisir de son arme, un pistolet Makarov PM de l'armée qu'il possède depuis de nombreuses années. Bien graissée, l'arme est son passeport pour la liberté.

Il parvient jusqu'à la première salle sans rencontrer âme qui vive. Des voix de gardes lui parviennent depuis l'entrée et il se voit contraint de virer vers le fond de la salle. C'est là qu'il tombe nez à nez avec Indiana et Kovar, admirant les vitrines en face des morses placés sous la queue du squelette de baleine. Il braque immédiatement le Makarov sur eux et recule vers les animaux empaillés.

— Laissez-moi partir et personne ne sera blessé !

— Au secours ! Au secours !

Les cris proviennent de la sacoche. Au prix de mille efforts, Min-Ho réussit à sortir la tête, soulevant péniblement le rabat de cuir. Il tente de sauter, mais Anatoli, plus prompt que le petit homme, l'attrape par le cou et le soulève au-dessus de sa tête :

— Un pas de plus, et je l'étrangle.

— Grrrbee, glu glub glob, tente le malheureux.

Personne ne bouge. La situation est critique. Le pistolet automatique est braqué sur le président, un otage est déjà à moitié étranglé. Malgré l'arrivée des gardes sur les lieux, on ne voit pas d'issue. Anatoli se sent acculé. Il agite son pistolet en direction du président qui ne se démonte pas, même s'il sait – ils le savent tous – qu'un coup peut partir à tout moment.

Anatoli s'est piégé tout seul. Dans sa tête, les pensées se bousculent : qu'est-ce qui lui a pris de kidnapper les Bourréens ? Son ressentiment l'a perdu : il aurait dû tourner les talons et suivre son plan initial, qui était de se faire oublier puis de fuir le pays. Le voilà maintenant dans la plus mauvaise des postures : il étrangle un nabot et menace de son arme le président de la République lui-même. Quelle déveine, alors qu'il était si près du but !

Au-dessus de lui, les deux malicieux rongeurs se sont approchés. Ils sont perchés sur la queue de la baleine, surplombant Anatoli. Ils se concertent d'un coup d'œil et commencent leur ouvrage : ils doivent faire vite.

Les dents acérées de Vladimir et Oustina dévorent les cordages et ils réussissent en un tour de main – ou plutôt de canines – à ronger suffisamment la corde pour faire basculer le bas de la queue de la baleine. Celle-ci percute un morse immense qui vacille un instant puis se renverse, dents en avant, sur Anatoli, qui tombe.

Les dents du morse se sont plantées de part et d'autre de la nuque de l'espion. D'un ivoire rendu dur comme l'acier, elles se sont enfoncées dans le carrelage et maintiennent le vaurien scellé au sol. Les gardes se saisissent de l'arme et libèrent Ah-Reum de la sacoche. Ils remettent les deux amis à Lana qui les berce doucement, surtout le pauvre Min-Ho rendu presque bleu par la poigne d'Anatoli.

— C'est qui celui-là ? demande Féodor.

— C'est Anatoli X., ou plutôt Hikse de son vrai nom, l'âme damnée de Noukarov. C'est lui qui s'est introduit chez les Effektnyy pour les voler et c'est lui aussi qui a capturé les Bourréens à Moscou.

— Salopard assassin de plus petit que soi, crache Lana qui assène un vigoureux coup de pied entre les cuisses du prisonnier. Voleur, s'attaquer aux Effektnyy, je t'en foutrais, moi…

Les gardes ont bien du mal à la retenir, surtout qu'elle est amplement poussée à l'action par les Bourréens, qui n'ont toujours pas oublié la torture dont ils ont été victimes entre les mains d'Anatoli.

— Eh bien, je crois que vous venez une fois de plus de me sauver la vie ! dit le président à ses amis.

— Non, répond Indiana. Je crois que ceux qui vont ont sauvé la vie, c'est… Oustina et Vladimir !

— Hourra pour Oustina ! Hourra pour Vladimir ! crient Kir et Kolya, en jetant leurs chapeaux par-dessus leurs têtes.

— Hourra ! Hourra !

CHAPITRE 19 :
Où on fait ses adieux.

C'est le jour du départ. Tout le monde est à Moscou et chacun a tenu à remettre un présent à Indiana, Vladimir et Oustina. Ceux-ci arborent fièrement leurs petites médailles de « Héros de la Fédération de Russie », tandis que les autres ont chacun leur médaille « Pour Distinction dans la Protection de l'Ordre public ». C'est un grand honneur, célébré au Kremlin et qui restera dans leurs mémoires à tout jamais.

Indiana fait ses adieux à Kir, Kolya, Féodor et Lana. Elle a salué le président Kovar la veille. Min-Ho et Ah-Reum l'accompagnent, ainsi que Vladimir et Oustina bien sûr, les quatre compères disposant d'une valisette spéciale tout confort pour une entrée discrète en France.

Dans l'avion, Indiana s'est vue surclassée en classe affaires, sans doute à la demande du président. Elle savoure un verre de champagne en quittant Moscou, les rongeurs gentiment couchés sur les genoux. Les deux Bourréens ont préféré ne pas attirer l'attention sur leur personne en restant dans la valise posée sur le siège libre, à côté de la jeune fille.

Elle arrive à Paris après un vol des plus confortables et y est accueillie par ses parents et Irma Effektnyy ! Ils ont tenu à venir chercher l'héroïne du moment en personne à l'aéroport. Indiana est très émue de voir que son père a décidé d'abandonner son poste de veilleur d'invasion extraterrestre pour une pleine journée, ce qui ne lui est plus arrivé depuis des années.

Min-Ho et Ah-Reum sont libérés de leur prison dorée dès que les portes de la Coccinelle VW d'époque s'ouvrent. Son père l'entretient avec soin, même si l'ancêtre – la voiture, pas le papa d'Indiana – ne roule pas souvent. Elle remplit néanmoins son office, même si tout le monde est un peu serré dans le petit habitacle et que les deux valises qu'Indiana ramène de son voyage peinent à entrer dans le coffre.

Une fois rentrée à la maison, la jeune fille s'émerveille que son petit monde ait si peu changé. Devant son air rêveur, sa belle-mère lui serre l'épaule tendrement :

— Nous, on n'a pas changé. Mais toi… Toi, tu es toute autre. On dirait que tu as grandi.

Angélica la prend dans ses bras pour l'embrasser puis Ferdinand s'approche et lui dit à l'oreille :

— Tu es encore plus belle qu'avant, ma petite fille.

Indiana s'empourpre.

Les valises sont défaites promptement. Grâce aux bons soins de Lana, il y a peu de lessive à faire. Ah, les lessives, cette tâche ingrate du retour des grands voyageurs… Ferdinand reçoit des jumelles à vision nocturne dernier cri, version armée russe. Angelica se voit remettre un album complet de photos dédicacées – à son nom ! – par les plus grandes stars de Moscou. Elle en ronronne de plaisir. Indiana range les pots de miel, les bouteilles de vin de Crimée, les bijoux traditionnels évènes et les sachets de viande de renne séchée. Elle garde précieusement dans sa chambre le judogi[5] ceinture blanche que lui a offert le très sportif président de la Russie. Lui-même grand judoka, il lui a conseillé de se mettre à cette discipline exigeante et précise, car il pense qu'Indiana n'en a certainement pas fini avec les aventures. Il lui a même donné un premier cours privé, qui avait été interrompu par Vladimir. Celui-ci s'efforçait de suivre les mouvements de son nouveau meilleur pote, mais il était fort gêné dans ses déplacements par la petite taille de ses pattes et la trop grande ampleur de son ventre. Il avait voulu grimper sur l'épaule d'Indiana pour mieux voir et s'était perdu dans l'ample veste de judo. Indiana avait recommencé sa danse de Saint-Guy, comme au village évène, sous les rires du président qui s'était retrouvé quelques secondes après aux prises avec Oustina. L'animal, trouvant sans doute ce nouveau jeu plus amusant que le judo, s'était lancé à l'assaut du président. Les quatre compères se roulaient par terre dans une hilarité générale qui n'avait pris fin que lorsqu'Indiana et Kovar avaient déclaré forfait, tandis que Vladimir levait les deux pattes jointes sur le côté droit de sa tête en un geste victorieux des moins judoesques. Se huchant sur l'épaule de son ami, il s'autoproclama vainqueur.

Vladimir a repris à contrecœur possession de sa cage, abandonnant Oustina à ses retrouvailles avec ses amis les Effektnyy. Il se console en se passant en boucle sur YouTube les derniers exploits de Christophe Lemaître, auteur de nouveaux records en course à pied.

Indiana a remis à ses voisins le lendemain de son arrivée les kilos de plantes demandées et la zibeline. Igor, en scientifique zélé et frustré depuis trop longtemps dans ses recherches, s'est mis immédiatement au travail. Il a déjà mis au point quelques formules, auxquelles ne manquent que les crottes magiques.

Des semaines, puis des mois s'écoulent. Igor cherche toujours.

---

5. Judogi = vêtement de judo.

Min-Ho et Ah-Reum ont élu domicile chez Irma, qui les trouve trop mignons. Ils sont volontaires pour toute expérience utile, car ils ne rêvent que d'une chose pour le moment : retrouver leur taille originelle.

En bons anciens espions, ils ont commencé à apprendre le français, qu'ils massacrent allègrement via une série de disques de Bobby Lapointe accompagnés par le tourne-disque ad hoc, le tout fourni par Ferdinand en provenance directe de son grenier. C'est une mauvaise idée, les deux compères sont déjà assez amateurs de calembours comme ça.

Ils sont encore un peu inquiets du sort réservé à leurs familles en Bourrée de l'Est, mais le président leur a assuré que son service diplomatique travaillait activement à une exfiltration complète vers la Russie où tous recevraient de nouveaux passeports, puis vers la France où ils ont décidé de s'installer après quelques semaines. Min-Ho, dont la vocation de danseur de ballet s'était éteinte avec son recrutement dans les services secrets de la Bourrée de l'Est, se consacre passionnément à son art. Il compte bien, dès qu'il aura repris sa taille normale, monter une école de danse et faire profiter aux Périgourdins de sa vision du ballet. Au vu de la grâce de ses entrechats, tout le monde convient qu'il a de bonnes chances de réussir dans cette entreprise.

Ah-Reum, le plus âgé de deux, hésite entre une reconversion dans la boucherie – il a appris à découper n'importe quel morceau de viande lorsqu'il était au service du Gros Bouffi – ou dans un centre d'amaigrissement, via les techniques de sport paracommando chères à son cœur. Il optera sur les insistances de ses amis pour la seconde solution : tous ont frissonné quand il a commencé à leur expliquer que se débarrasser d'un corps humain, c'était comme dépecer un cochon. Il doit apprendre qu'en France, de tels agissements ne sont pas tolérés. Ah-Reum est un peu déçu, mais il comprend que son ancienne vie est derrière lui. Et surtout, l'idée de torturer de pauvres personnes en surpoids lui semble amusante, surtout si c'est pour une noble cause, celle de la santé publique. Charité bien ordonnée commençant par soi-même, il est résolu à faire disparaître la brioche réglementaire en Bourrée de l'Est, qui commence à fondre sous l'effet de l'exercice.

Indiana a repris depuis longtemps déjà son travail au bureau d'assurance. Elle a passé sous silence ses aventures rocambolesques et n'a raconté de son voyage que les paysages fabuleux de la Sibérie et sa rencontre avec une authentique tribu d'éleveurs de rennes, les Évènes.

Samantha Fix la moque encore, évidemment, lorsqu'elle se rend à la salle de sport. La grande bringue est toujours aussi mince et Indiana toujours aussi confortable. Elle finit par se taire au début du mois de septembre, quand Indiana passe sa première ceinture de judo, devenant en moins de quatre mois Gokyu, c'est dire ceinture jaune, en abattant son adversaire en quelques tsukuri et kake[6] qui percent sa défense. Son Ippon[7] final est parfait.

Que Samantha Fix se taise, c'est la plus belle des victoires pour Indiana.

Début octobre, Igor estime que sa formule est au point. Tout le monde se réunit dans le petit jardinet au fond de la rue, là où Indiana et Vladimir, en compagnie d'Oustina maintenant, vont se promener plusieurs fois par semaine. Le secret de l'agrandissement, qu'il a après tant d'efforts percé, consiste en… Mais attendez, là, c'est secret-défense. Contentez-vous de croire qu'Igor a trouvé.

Ferdinand, qui sort de plus en plus de chez lui depuis les aventures de sa fille en Russie, y a construit un petit cabanon, juste assez grand pour y glisser le petit poêle à bois en fonte déniché dans une brocante. Il n'a pas osé l'avouer aux autres, mais il s'est inspiré des anciennes toilettes de sa maman pour construire son cabanon. Son concept étant de recréer le plus

---

6. Tsukuri et kake : mouvements de préparation et d'exécution d'une attaque au judo.
7. Ippon = faire tomber son adversaire au judo.

possible les conditions du rétrécissement, afin de mettre toutes les chances de leur côté pour parvenir à un agrandissement. La cabane de soixante centimètres de haut est prête à recevoir le premier sujet de l'expérience.

C'est Ah-Reum qui va tenter l'aventure le premier. Le courageux mini-homme, qui a entretemps retrouvé sa famille grâce aux services diplomatiques russes, salue l'assemblée d'un air martial et entre dans la cabane. Il tient des deux mains l'allume-gaz qui va décider de son sort. Malheureusement, pour cet outil, ils n'ont pas pu trouver d'accessoire à sa taille.

Chacun se prend spontanément la main lorsque Ah-Reum ferme la porte.

De la fumée s'échappe vite de la cabane et un énorme BANG retentit. Ils sont tous projetés le derrière par terre. Quand la fumée se dissipe, les amis se retrouvent devant une situation qu'ils n'avaient pas anticipée : Ah-Reum a bien retrouvé sa taille initiale, c'est vrai, mais la cabane ainsi que le poêle à bois ont octuplé ! Ils sont devenus immenses ! Si le Bourréen est ravi, ainsi que toute sa famille, d'avoir recouvré une taille humaine, ils vont devoir abattre le cabanon qui fait maintenant la taille d'une maison. Et que dire du poêle ! Il est devenu tellement grand et lourd qu'il est presque impossible de le bouger : son poids avoisine la demi-tonne. Il faudra un camion-grue pour s'en débarrasser : il va faire le bonheur d'un ferrailleur.

Pour Igor et Min-Ho, une solution moins encombrante est envisagée. Ferdinand est de la partie et ils décident de construire une caisse de bois de vingt-cinq centimètres de haut. Un mini-brasero est soudé avec l'aide d'un vieil artisan ferronnier et son poids de moins d'un kilo devrait être plus gérable, et il sera réutilisable après agrandissement.

La même scène se déroule une fois de plus sur les hauteurs de la rue. Et une fois de plus, c'est un succès. Igor est tellement heureux de pouvoir serrer à nouveau sa femme dans ses bras qu'il en oublie ses bonnes manières et entraîne ses amis dans une sarabande des plus effrénées.

C'est le moment des adieux. Igor et Irma ont obtenu un accord avec Kovar pour que les formules de rétrécissement et d'agrandissement des objets et des hommes ne soient jamais divulguées. Tout le monde a convenu qu'une telle invention ne causerait que des problèmes. Dans un contexte d'instabilité tel que le monde en connaît toujours, il ne faut pas courir de risques inutiles. La paix est au prix de l'abandon d'une des plus incroyables découvertes du XXIᵉ siècle.

Le camion vert et mauve de Léonid est une fois de plus garé devant la maison. Il est presque entièrement chargé et la maison d'Igor et Irma, soigneusement emballée, est la dernière à prendre place dans le semi-remorque. Leur résidence française ne restera pas inhabitée. Les Sibériens l'ont louée pour un euro symbolique aux Bourréens, qui de toute façon partagent déjà les lieux avec eux, en attendant que leurs projets se mettent en place et leur permettent de vivre.

Sur le seuil de la maison des Pruneau, tout le monde s'embrasse. On se promet de venir se voir, on pleure un peu.

À leurs pieds, les deux rongeurs se font leurs adieux. Oustina veut repartir en Sibérie et Vladimir a des courses à gagner. Ce n'est pas si triste, car malgré un départ amoureux fulgurant, ces deux-là n'étaient pas faits pour vieillir ensemble. Vladimir a encore des vues sur la dame écureuil qui a refait son apparition et Oustina, peu portée à la constance, rêve d'un beau mâle rencontré dans les bois Iakoutes il y a longtemps. Les rongeurs ne sont pas des animaux très fidèles…

Le soleil achève de se coucher sur Périgueux et un vent de fin d'automne caresse le visage d'Indiana. Elle regarde le camion s'évanouir au bout de la rue et tourner vers d'autres cieux.

« Bon vent, et bonne chance à vous », murmure-t-elle.

Vladimir se love dans ses bras. Il console sa maîtresse en lui chatouillant le cou avec ses pattes. Les Bourréens sont rentrés chez eux, la rue est redevenue calme.

Dans l'esprit d'Indiana, une mélancolie commence à naître. C'est la graine de l'aventure qui vient d'éclore.

REMERCIEMENTS

Tout d'abord, merci à mon mari d'avoir récompensé mon travail par ses éclats de rire. Il a été à mes côtés à chacune des étapes de la rédaction, puis de la correction de ce livre. Et il en a été aussi le déclencheur, en m'entraînant avec lui autour du monde.

Merci aussi à Aniko Palanky, ma correctrice, pour son travail rapide et soigné, ainsi que ses conseils judicieux pour la réécriture. Même si nous ne sommes toujours pas d'accord au sujet de l'apparence d'Indiana, elle a été un vrai moteur pour moi.

Merci à Marina Di Pauli pour ses dernières remarques, sa gentillesse et sa bienveillance à la relecture.

Merci à Gogo, le hamster de mon amie Christelle, qui en se promenant sur mon clavier un jour d'atelier d'écriture a fait germer la graine du personnage de Vladimir. Il a rejoint il y a peu le paradis des hamsters mais reste vivant dans nos cœurs.

Last but not least... Merci enfin à vous, mes lecteurs, de m'avoir accompagnée jusque là. Sans vous, un auteur n'existe pas. J'espère vous avoir fait sourire, et même rire parfois. Il n'y a pas de plus grande gratification que de donner le sourire.

Une deuxième aventure d'Indiana Pruneau et de Vladimir le cochon d'Inde est en cours de rédaction. Cette fois, elle va partir aux États-Unis...

Vous pouvez me joindre par les moyens suivants :

Mail : hexomaidine@outlook.be

Instagram : indianapruneau

Facebook : Hexomaidine

J'essaierai de répondre à chacun d'entre vous.

À PROPOS DE L'AUTEUR

Hexomaidine est une voyageuse, une gastronome, une passionnée d'ethnologie. Elle parcourt le globe six mois par an et son écriture se nourrit de rencontres parfois étonnantes : du CEO d'une multinationale allemande à l'indien Cherokee parlant wallon, du chaman altaïen au SDF de Vancouver, d'un renne du Kamchatka aux ours polaires du Spitzberg. Originaire de Belgique, elle vit au centre de Bangkok depuis 2010.

Pour suivre Hexomaidine :

Instagram : indianapruneau

Facebook : Hexomaidine

TABLE DES MATIÈRES

CE LIVRE VOUS A PLU ?

Aidez-nous à le faire connaître en prenant deux minutes pour laisser un commentaire sur le site Internet de la librairie où vous avez acheté le livre.

Grâce à ces quelques mots qui font toujours plaisir, vous aidez les auteurs indépendants et contribuez aussi à convaincre d'autres lecteurs de découvrir le livre et l'auteur.

D'avance merci pour votre aide !

9 782376 921301